Os sorrentinos

Virginia Higa

Os sorrentinos

TRADUÇÃO
Sílvia Ornelas

autêntica contemporânea

Copyright © Virginia Higa, 2018
c/o Indent Literary Agency
www.indentagency.com
Copyright desta edição © 2025 Autêntica Contemporânea

Título original: *Los Sorrentinos*

Todos os direitos reservados pela Autêntica Editora Ltda. Nenhuma parte desta publicação poderá ser reproduzida, seja por meios mecânicos, eletrônicos, seja via cópia xerográfica, sem a autorização prévia da Editora.

EDITORAS RESPONSÁVEIS
Ana Elisa Ribeiro
Rafaela Lamas

CAPA E ILUSTRAÇÃO DE CAPA
Allesblau

DIAGRAMAÇÃO
Waldênia Alvarenga

PREPARAÇÃO
Sonia Junqueira

REVISÃO
Ariadne Martins

**Dados Internacionais de Catalogação na Publicação (CIP)
(Câmara Brasileira do Livro, SP, Brasil)**

Higa, Virginia
  Os sorrentinos / Virginia Higa ; tradução Sílvia Ornelas. -- 1. ed. -- Belo Horizonte : Autêntica Contemporânea, 2025.

  Título original: Los Sorrentinos.

  ISBN 978-65-5928-595-2

  1. Ficção argentina I. Título.

25-279265   CDD-Ar863

Índices para catálogo sistemático:

1. Ficção : Literatura argentina Ar863

Eliete Marques da Silva - Bibliotecária - CRB-8/9380

A **AUTÊNTICA CONTEMPORÂNEA** É UMA EDITORA DO **GRUPO AUTÊNTICA**

Belo Horizonte
Rua Carlos Turner, 420
Silveira . 31140-520
Belo Horizonte . MG
Tel.: (55 31) 3465 4500

São Paulo
Av. Paulista, 2.073 . Conjunto Nacional
Horsa I . Salas 404-406 . Bela Vista
01311-940 . São Paulo . SP
Tel.: (55 11) 3034 4468

www.grupoautentica.com.br
SAC: atendimentoleitor@grupoautentica.com.br

Para minha família

Essas frases são o nosso latim.
Natalia Ginzburg, *Léxico familiar*

Chiche Vespolini era o caçula de cinco irmãos, dois homens e duas mulheres. O nome verdadeiro dele era Argentino, mas chamavam-no assim porque, quando pequeno, era tão lindo e simpático que se tornou o *chiche* de suas irmãs, o brinquedinho delas. A família Vespolini se instalou em Mar del Plata no começo da década de 1900 e sempre teve hotéis e restaurantes. Dela, Chiche herdou a Trattoria Napolitana: o primeiro restaurante do mundo a servir sorrentinos.

Os sorrentinos eram uma massa redonda e recheada inventada por Umberto, o irmão mais velho de Chiche, e batizada em homenagem à cidade de seus pais. O sorrentino não tinha a borda de massa dos pansotti, nem o recheio de carne dos agnolotti, nem continha ricota como os cappelletti. Era uma meia esfera com algum volume, feita com uma massa secreta, macia como uma nuvem, recheada de queijo e presunto.

De vez em quando, aparecia na trattoria alguém que, com certo ar de superioridade, tinha o mau gosto de perguntar: "Os sorrentinos não são, simplesmente, raviólis redondos?". Diante disso, as mulheres da família reviravam os olhos e os homens se recostavam na cadeira bufando.

Para Chiche, a pessoa que fizesse essa pergunta, além de ser ignorante, não tinha nenhuma sensibilidade. Como se sabe, come-se o ravióli inteiro e, em um prato, há inúmeros raviólis. O ravióli não é uma entidade definida, só existe na acumulação. Dizer "comi um ravióli" é uma coisa absurda, um disparate. Um sorrentino, no entanto, é um ente em si mesmo. Uma criança ou uma mulher que se alimentem como um passarinho poderiam perfeitamente comer um único sorrentino. É possível cortar três ou quatro vezes o sorrentino, e cada um dos pedaços resultantes seria tão decente quanto qualquer ravióli. "Cada massa tem sua própria personalidade", dizia Chiche, que também corrigia quem confundisse agnolotti com tortellini, ou tagliatelle com pappardelle.

Na trattoria, a porção vinha com seis sorrentinos; nem mais nem menos. Era fundamental cortar o sorrentino apenas com o garfo; quem metesse a faca seria imediatamente classificado de forasteiro. Se alguém da família fizesse isso, era corrigido no ato. Quando algum sobrinho pequeno estava aprendendo a usar talheres e lhe ensinavam a importância de não cortar com faca nenhuma massa tenra, a lição era acatada como um dogma. Também era malvisto espetar os sorrentinos com os dentes do garfo: devia-se cortar com a lateral e apanhar o pedacinho delicadamente, como se fosse uma pá muito fina. Se um estranho cometesse tal erro, Chiche olhava como quem diz: "não tem jeito". Se algum membro da família apresentasse um novo namorado ou namorada no restaurante, antes que o recém-chegado se sentasse à mesa – e, se possível, antes que entrasse no estabelecimento –, era preciso instruí-lo sobre a etiqueta do sorrentino. A família considerava que os bons modos à mesa eram a manifestação exterior de uma alma nobre. Os modos mais elegantes também eram os mais simples: a faca, ao comer massas, era desnecessária. Também desagradava que as pessoas comessem macarrão com a ajuda de uma colher, porque isso significava que elas não tinham a destreza de fazer, com graça e precisão, um novelo de espaguete que coubesse na boca.

A trattoria funcionava em um salão imenso, com mais de cinquenta mesas e um enorme lustre de vidro vermelho e amarelo pendurado do teto. Todas as paredes estavam cobertas de fotos da Itália, principalmente de lugares do sul, com seus respectivos nomes: Amalfi, Sant'Agnello, Ischia, Museo Corréale di Terranova, Castellammare di Stabia, Pompeii, Ercolano. Além disso, nas paredes havia pratos comemorativos de celebrações de que Chiche participara; pratos com ilustrações de aves argentinas; fotos de suas viagens pelo mundo; uma foto do papa Francisco visto de longe na Praça de São Pedro; fotos de Chiche com personalidades internacionais que jantaram na trattoria; vários quadros autografados de atletas famosos (Gabriela Sabatini, Maradona e Guillermo Vilas); fotos familiares de todas as épocas; fotos de quando Chiche recebeu a Chave de Mar del Plata; fotos de quando recebeu o título de Cidadão Ilustre do município de Sorrento; espelhos; conchas de bronze; imagens de santos e virgens; rolos de massa; jarras de cerâmica em forma de pinguim; um quadro da fragata Sarmiento; calendários de marcas de massas; plantas em vasos de terracota; uma coleção de garrafas de vinho Chianti em cestos de palha; doze bonequinhos que representavam os monges da abundância; tacinhas e odres de vinho; um pôster gigantesco da seleção argentina de futebol de 1986; uma coleção de elefantinhos de cerâmica; três bules de porcelana; pratos decorativos com as diferentes danças folclóricas italianas e um mapa com os pães e massas originários de cada região da Itália no qual, naturalmente, não aparecia a especialidade da casa.

Durante a hora do almoço e do jantar, sem falta, Chiche percorria a trattoria com os polegares enganchados nos suspensórios, supervisando o trabalho das cozinheiras e dando ordens aos garçons. Ele trocava o nome de muitos de seus funcionários ou dava-lhes algum apelido que achava que combinaria com eles: Suzana, que trabalhava no caixa, foi rebatizada de Marta; uma das cozinheiras foi apelidada pejorativamente de "Facha Farina". O garçom Mario era chamado de "Carpi".

– Carpi, leia o jornal para mim – dizia ele nos dias em que não havia muita gente no salão.

E Mario se sentava na mesa reservada para Chiche e sua família e lia *La Capital*, inserindo, de vez em quando, o nome dele em alguma notícia. Lia, por exemplo, uma manchete: "Travesti assassinada em uma praia de La Perla". E acrescentava: "Acredita-se que era amante de Chiche Vespolini". Chiche deixava escapar uma gargalhada e continuava tomando a sopa. "Carpi" não era um apelido único, era uma espécie de título que Chiche concedia a certas pessoas, embora nunca tivesse esclarecido o que significava nem o que era necessário para se tornar um "Carpi". A família tinha uma vaga ideia do significado, mas só se aproximava dele pelas pistas que Chiche ia dando.

– Eu sou Carpi? – perguntava algum sobrinho à mesa, e Chiche respondia:

– Não, você, não.

– E o tio Honorio é Carpi?

– Claro que é! – respondia Chiche sem pestanejar.

E podiam continuar assim, nomeando pessoas, durante uma refeição inteira; para Chiche, alguns eram "Carpi" e outros não, mas os motivos nunca ficavam claros.

Os clientes antigos, aqueles que voltavam ao restaurante todos os verões, cumprimentavam Chiche com um abraço e levavam os filhos para que ele os afagasse e visse como tinham crescido. Chiche perguntava se a massa estava no ponto e lhes desejava bom apetite com um gesto mudo de aprovação. Se um cliente se queixasse porque o molho estava ácido demais ou porque o recheio estava muito salgado, Chiche experimentava do prato e fazia uma careta de desgosto, dando-lhes razão. O prato, então, era imediatamente devolvido à cozinha e substituído o mais rápido possível.

Uma senhora que trabalhava na trattoria também cuidava de Chiche: preparava-lhe a sopa especial do almoço e limpava a casa dele. Chamava-se Adela, e ninguém conseguia adivinhar sua idade porque era baixa e ossuda como uma anciã, mas tinha aquela pele lisa e luminosa que só as mulheres muito jovens e algumas freiras têm. Como o restaurante sempre estava repleto de sobrinhos de Chiche, que iam comer de graça sempre que podiam, ela também o chamava de "tio".

– Adela, você é sem pé nem cabeça – Chiche dizia.

– Ah, tio, então, como foi que vim trabalhar? – respondia ela com uma vozinha infantil.

Chiche morava em um apartamento de dois quartos que ficava em cima do restaurante, conectado a este por uma escada estreita e forrada com um carpete verde. Depois do turno do almoço, quando o restaurante ficava em silêncio, com as luzes apagadas e as mesas sem toalha, Chiche subia para fazer a sesta. Antes de retomar suas tarefas, Adela tinha que ficar sentada ao lado da cama e assistir com ele ao noticiário da RAI até que Chiche começasse a roncar. Se os olhos dela se fechassem ou a cabeça pendesse para o peito, ele gritava:

– Adela, não durma!

Ela dava um pulo na cadeira e respondia:

– Mas, tio, estou assistindo ao *telegiornale*!

Adela usava um avental de cozinheira e uma touca cinza e branca que não tirava nunca. Chiche dependia dela para tudo, não permitia que ninguém mais lhe levasse o prato de sopa ou lavasse suas camisas.

– Adela, você é chegada numa sem-vergonhice – dizia. – Você é fácil, deixa que façam o que quiserem com você.

– Você diz cada coisa, tio... – ela ria.

Adela era parecida fisicamente com Leonor, uma mulher que trabalhou na casa de Chiche quando ele era pequeno e que sempre andava com o cabelo no rosto e tinha mãos calejadas de lavadeira. Na mesa da família no restaurante, as irmãs mais velhas de Chiche contavam que uma vez, enquanto lavava roupa, Leonor sentiu algo duro e metálico dentro da barra de sabão. Arrebatada pela emoção, começou a gritar: "A casa! Ganhei a casa!".

Naquela época, a marca Jabón Federal dava um chalé na província de Buenos Aires a quem encontrasse uma chave dourada escondida em algum de seus produtos, e ganhar o "chalé Manuelita" era o principal assunto das conversas em todas as cozinhas e o sonho de qualquer empregada doméstica. Quando escutaram os gritos de Leonor, suas colegas – a cozinheira e a moça que limpava – foram correndo abraçá-la e gritaram de alegria com ela até que uma percebeu, com uma pontada de desconfiança, que a chave não era dourada como a da propaganda e se parecia muito com a da porta da despensa. Saíram da cozinha e encontraram Chiche morrendo de rir, esparramado no chão da sala. Ficou óbvio que ele tinha esquentado a chave na boca do fogão e enfiado na barra de sabão. Leonor, então, pegou uma faca e correu atrás dele pelo quarteirão, gritando: "Vou te matar!". Depois desse episódio, os pais de

Chiche o colocaram de castigo durante um mês inteiro e despediram a coitada da Leonor.

Naquela mesma época, Chiche convenceu outra empregada, Marita, a tingir o cabelo dele de preto com a mesma tinta que ela usava. Ele queria ficar parecido com Rodolfo Valentino e insistiu tanto enquanto a perseguia pela casa que ela, para se livrar dele, concordou. Encantado com o resultado, ele se exibiu para os pais com o cabelo preto retinto e um turbante da mãe na cabeça.

– Quem sou eu? – perguntou.

A coitada da Marita também foi demitida.

Enquanto a tinta durou, Chiche foi proibido de ir ao colégio e de sair de casa, porque os pais temiam que falassem mal da família ou que o filho os fizesse passar vergonha. Ele passou aquelas semanas ouvindo radionovelas, lendo romances policiais e comendo azeitonas.

Ninguém sabia muito sobre Adela, só que ela morava bem longe de La Perla, o bairro onde ficava a trattoria, porque, às vezes, mencionava que tinha pegado dois ônibus para chegar. E também que tinha filhos. "Os meninos", dizia, embora ninguém soubesse quantos anos tinham nem se eram dois ou muitos mais. Em marido ela nunca falava. Era amável e solícita com os sobrinhos menores de Chiche que ainda não tinham começado o colégio e que, imitando o modo como o tio se dirigia a ela, faziam pedidos caprichosos:

– Adela, traga um pedaço de queijo cortado para mim.

E, quando ela levava, diziam:

– Não, Adela, como você é abestalhada! Este queijo não, o outro, o de ralar.

Ou diziam:

– Adela, traga uma sobremesa com bastante doce de leite.

E não agradeciam quando ela levava o prato.

Adela nunca se queixava, sempre sorria.

Chiche chamava-a de "catrosha".

– Adela, como você é catrosha!

Catrosha era uma palavra derivada do napolitano que só existia naquela família.

– É claro que você está cansada – dizia Chiche quando Adela deixava escapar um bocejo. – Com certeza passou a noite catrosheando por aí.

Chiche sofria quando ela saía de férias, uma vez a cada dois ou três anos. Outras funcionárias do restaurante passavam a se encarregar dele, mas, por mais que se empenhassem nas tarefas, Chiche resmungava e bufava porque nenhuma delas era tão dócil e diligente, e ele considerava que todas eram bem mais catroshas que Adela.

A palavra *catrosho*, no masculino, também existia, mas não significava exatamente a mesma coisa que *catrosha* nem era depreciativa.

Além de observar se sabiam comer as massas, Chiche interrogava cada namorado ou namorada de seus sobrinhos que aparecesse no restaurante e arrancava-lhes informações privadas jogando verde para colher maduro. Perguntou ao namorado de Verito, sua sobrinha:

– E quando você vai comprar uma moto?

– Nunca – disse o namorado –, eu não gosto de motos.

– Ah, certo, certo – assentiu Chiche, como quem diz: "passou no teste".

As perguntas iam mudando com o tempo.

– Perón vai voltar?

Pouco depois de conhecer a namorada de Rolo, o sobrinho preferido, ele perguntou:

– Você se incomodaria se Rolo fosse catrosho como o tio?

Ela riu, porque Rolo já tinha explicado o que significava ser catrosho.

– O que seus pais faziam durante a ditadura? – perguntou ao namorado de uma prima na primeira vez em que ele se sentou à mesa da família.

– Os judeus têm inferno? – perguntava sempre ao namorado judeu de outra sobrinha.

O céu e o inferno eram assuntos que o preocupavam.

Às vezes, as perguntas não buscavam respostas novas, queriam sempre a mesma. Na época em que o homem chegou à Lua, Chiche, que considerava que os norte-americanos eram o povo mais simplório do mundo, passou a repetir:

– *Our boys! Our boys to the moon!*

E, sempre que alguém mencionava um assunto relativo aos Estados Unidos, Chiche exclamava em tom zombeteiro: "*Our boys!*". Ele repetia tanto isso que, se estivesse à mesa da família, eram os demais que terminavam a frase: "*To the moon!*".

– Você se lembra de quando éramos Império? – Chiche sempre perguntava a algum dos sobrinhos.

O sobrinho tinha que responder que sim, que lembrava.

– O imperador Augusto era um grande! Como era inteligente! – continuava. – Você se lembra de quando conquistamos a Gália? – E acrescentava, com cara de nojo: – Como os franceses eram brutos!

A família inteira, de modo geral, não gostava dos franceses. Diziam que eram exibidos, que não sabiam cozinhar e que eram sujos. Carmela, uma das irmãs de Chiche, afirmava que, quando escutava alguém falando francês, inclusive num filme, tinha ataques de náusea. Contava que, quando era pequena e a família passava longas temporadas na Itália, seus pais contrataram um professor francês para ensinar o idioma para todos os irmãos (menos para Chiche, que ainda não tinha nascido). O professor era sério e um pouco catrosho, e obrigava-os a decorar frases de Molière. As crianças irritavam-no porque tinham uma brincadeira que consistia em tentar não rir, e, é claro, terminavam gargalhando toda vez que ele dava as costas para escrever uma frase de Molière no quadro. Quando o professor se cansava e as repreendia, elas riam ainda mais. Estavam acostumadas com os palavrões em napolitano, com vogais muito abertas, e os xingamentos em francês lhes soavam ridículos e inofensivos como os latidos de um cachorrinho.

– Além disso – dizia Chiche –, Napoleão era praticamente italiano. Se tivesse nascido um ano antes, teria sido italiano. *Napoleone di Buonaparte!*

Tanto para Carmela quanto para Electra, a outra irmã de Chiche, todas as mulheres francesas eram catroshas. Diziam que elas tinham cara de catroshas, especialmente a boca, porque falavam com a língua para fora, franzindo os lábios, e também porque faziam outras coisas de catroshas com a boca. No entanto, apesar de não admitirem, consideravam que as francesas eram contraditórias, um verdadeiro mistério, porque muitas delas gostavam de parecer catroshas mesmo que, na verdade, não fossem.

– As francesas gostam de jogar lenha na fogueira, mas depois não aguentam o calor – costumava dizer Carmela.

Se a alça do vestido de uma mulher escorregasse e ela continuasse conversando como se nada tivesse acontecido, sem se importar e com o ombro nu, para Electra, essa mulher era bastante catrosha. Para Carmela, tingir o cabelo era coisa de catrosha, assim como deixar que o contorno da roupa íntima aparecesse sob uma saia ou uma calça, tocar com familiaridade homens além do próprio marido ou gargalhar deixando o cabelo tingido cair para trás.

Além de aperfeiçoar as receitas familiares, Chiche gostava de inventar sobremesas, então criou para o cardápio da trattoria o "catrosho", que, posteriormente, em um secreto gesto de auto-homenagem, passou a se chamar "Don Chiche". Era uma taça com os seguintes ingredientes, dispostos em camadas: sorvete de creme, mousse de chocolate, doce de leite para confeitaria, chantili, nozes inteiras e fios de chocolate quente, que chamavam de *charlotte*, servidos por último com uma jarrinha de metal, e que congelavam imediatamente sobre o sorvete, formando uma rede. O catrosho era um sucesso, o final perfeito para uma refeição, e vinha numa taça transbordante que dava para duas ou três pessoas dividirem. Depois das refeições, por mais "cheios" que estivessem, os clientes sempre cediam à tentação e acabavam pedindo um catrosho.

Outra sobremesa inventada por Chiche se chamava "suspiro de Mar del Plata" e era, segundo ele, uma sobremesa minimalista. Consistia em uma tira de doce de leite ao lado de outra de chantili no meio de um prato raso. Devia ser comida de colher, e era proibido acompanhá-la de outra coisa, como um pudim, por exemplo. Às vezes, Chiche se sentava à mesa de alguma família de clientes frequentes e conversava com eles sobre um pouco de tudo até que terminassem de comer. Então chamava Mario, seu garçom de confiança, e dizia:

– Carpi, um suspiro de Mar del Plata para a família.

Os comensais se acomodavam na cadeira e sorriam, e sempre havia algum que não conseguia se conter e esfregava as mãos. Mas, quando Mario voltava com quatro ou cinco pratos rasos com as duas tiras no centro, uma branca e outra marrom, os familiares trocavam olhares furtivos e desconcertados. E ninguém dizia nada, mas era óbvio que, em vez do suspiro de Mar del Plata, eles esperavam um catrosho ou alguma outra sobremesa em que desse para enfiar a colher sem tocar o fundo da taça, e não essa, que era só o barulho dos talheres batendo no prato.

A Trattoria Napolitana, também conhecida como "a primeira sorrentineria do país", abria de terça a domingo, ao meio-dia e à noite. O trabalho de Chiche implicava uma responsabilidade semelhante à de um capitão de barco: todos os funcionários tinham um papel, e ele os supervisionava para que o cumprissem no momento certo e da melhor maneira.

Ao contrário do que acontecia em outros estabelecimentos gastronômicos, as cozinheiras e os garçons da trattoria comiam antes de abrirem as portas ao público, porque Chiche acreditava que um funcionário faminto num restaurante era um perigo que deveria ser evitado.

De manhã, não antes das dez, Chiche chegava sorrindo para tomar café. Ele costumava estar de bom humor durante as primeiras horas do dia e, antes de se sentar para tomar o café da manhã na mesa reservada para a família, descia as escadas esticando os braços e dizendo: "Como é bom mijar!". Adela lhe preparava as torradas e fazia o café numa pequena cafeteira prateada posta diretamente sobre o fogo.

Às onze da manhã, funcionários e fornecedores começavam a chegar, e Chiche conferia pessoalmente cada lote de produtos que traziam. Nunca parecia completamente satisfeito com a qualidade da matéria-prima e, se ficava, não demonstrava. Mesmo que fossem excelentes e ele sempre acabasse comprando-os, fazia uma careta de desgosto ao experimentar o queijo ou o pão. O padeiro se chamava Rivetta e levava o pão francês e as bolachas em grandes sacos de papel de embrulho azul-celeste, nos quais caberia uma criança em pé e que, quando abertos, exalavam o perfume inconfundível da crosta torrada. Chiche abria um dos sacos, experimentava um pedacinho de pão, franzia o nariz e dizia:

– Rivetta, seu picareta.

Rivetta ria, porque sabia que Chiche gostava de brincar com os nomes. E, com a tranquilidade de saber que seu pão era o melhor da cidade, ia deixar a conta no caixa.

– Você está vendendo para o Montecarlini também? – perguntava Chiche, já sabendo a resposta.

Montecarlini era um restaurante do centro que pertencia a outra família italiana, mas, segundo Chiche, a qualidade de sua comida era muito inferior à da trattoria. As duas famílias tinham uma relação distante e, embora nunca tivessem chegado a se confrontar abertamente, havia uma espécie de rivalidade velada entre a trattoria e o Montecarlini. Chiche o considerava um falso restaurante italiano, um lugar que tinha traído completamente suas raízes ao oferecer, além dos pratos típicos, um ribombante "cardápio de culinária internacional". É verdade que a trattoria também teve que adequar sua oferta ao gosto argentino servindo comidas que não eram estritamente italianas, como milanesas à napolitana, batatas fritas e contrafilé, mas o Montecarlini foi ainda mais longe: seu cardápio incluía pratos extravagantes – e, para Chiche, ridículos – como asas de frango à moda texana, salada Caesar e hambúrgueres com queijo. Toda vez que seus sobrinhos lhe diziam: "O Montecarlini está indo bem... já abriu duas filiais!", Chiche bufava e exclamava:

— Pfff!

Quando os donos do Montecarlini apareceram na primeira página do jornal de Mar del Plata por terem ganhado o cobiçado Garfo de Bronze da associação gastronômica local com seu prato "pacotinhos María Mabel", os sobrinhos de Chiche voltaram à carga: era preciso seguir o exemplo do Montecarlini, abrir outro ponto, até considerar a possibilidade de abrir uma filial da Trattoria Napolitana em Buenos Aires. Mas Chiche odiava a ideia de colocar o nome da família num lugar administrado por um estranho, sem saber quem eram seus clientes nem poder conversar com eles, e deixar em mãos desconhecidas a supervisão diária do molho e da massa dos sorrentinos.

Ele também não gostava que seus fornecedores vendessem para outros, embora compartilhar Rivetta, que era insuperável, acabasse sendo um benefício. Nas noites de verão, quando o restaurante transbordava de gente e o pão para reabastecer os cestos estava acabando, Susana – a caixa que Chiche chamava de Marta – pegava o telefone e discava desesperadamente o número do Montecarlini:

— Aqui é da trattoria. Você tem pão de Rivetta?

Do outro lado da linha, uma mulher que desempenhava o mesmo papel que ela no concorrente respondia secamente:

— Temos.

Então um auxiliar da trattoria saía correndo até o restaurante da rua Corrientes e voltava, para alívio geral, com um grande saco azul-celeste debaixo do braço.

A mesma coisa acontecia quando o Montecarlini ficava sem pão. Susana atendia o telefone e, após alguns segundos calculados, dizia, com tom desdenhoso:

— Temos.

Poucos minutos depois, um auxiliar com o uniforme verde do Montecarlini entrava correndo na trattoria para pegar o saco de papel azul-celeste.

O pão crocante e macio de Rivetta era a única via de comunicação entre os dois territórios inimigos, a única oferenda de paz numa guerra nunca declarada.

Electra também morava no andar de cima do restaurante, em um quarto contíguo ao do irmão, e sua principal função era supervisionar as cozinheiras e, acima de tudo, que não poupassem nem desperdiçassem farinha, tomate ou muçarela. Havia muitos anos, Electra tinha se casado com um homem bem mais velho do que ela, chamado Simonelli. Ele era ferroviário e, como muitos ferroviários, se aposentou jovem, aos quarenta, e a família o criticava por isso. Quando se casou com Electra, já havia saído da ferrovia e, sem ocupação nem passatempos, dedicava-se a apontar os erros e problemas que via na administração do restaurante. Chiche se irritava profundamente e, quando se referia a ele, chamava-o de "verme".

Depois que Simonelli morreu, Electra foi morar com o irmão para ajudá-lo a supervisionar a trattoria. Ela não tinha filhos e, como muitas mulheres sem filhos, havia se tornado a guardiã da memória familiar: sabia a receita de todos os pratos italianos servidos no restaurante, como os panzerotti de queijo ou a torta *pastiera*, e de muitas outras comidas tradicionais que não estavam no cardápio, mas que ela cozinhava para a família em ocasiões especiais.

Na trattoria havia cozinheiras como Facha Farina, que faziam parte da equipe desde o início, quando a sorrentineria não passava de um pequeno empreendimento que funcionava dentro do hotel que os pais de Chiche abriram assim que chegaram à Argentina. Com o passar do tempo, ela se tornou a cozinheira mais antiga e, por essa razão, ocupava a bancada central da cozinha e tinha a importantíssima tarefa de preparar os sorrentinos todos os dias. Chiche confiava plenamente nela e gostava que fosse uma mulher eficiente e de poucas palavras, com quem nunca era necessário discutir.

A encarregada da ilha de sobremesas era uma santiaguina que morava em Mar del Plata havia muitos anos. Usava óculos grandes e uma touca verde, e toda vez que preparava o chantili para a sobremesa catrosho, cantava alguma *chacarera* de Los Hermanos Ábalos ao ritmo da batedeira elétrica.

Os garçons usavam um paletó branco com o nome Trattoria Napolitana bordado em letras verdes e vermelhas no bolso. Todos, cozinheiras e garçons, se trocavam num mezanino que ficava em cima do salão e que também funcionava como depósito e despensa. Vinhos, caixas e os mantimentos que não precisavam de refrigeração eram guardados lá. Pouco antes de abrir as portas ao público, quando os funcionários haviam terminado de comer e já estavam vestidos com os uniformes, a trattoria iniciava o expediente. Facha Farina fazia uma rosca de farinha na grande bancada de mármore à vista de todo o mundo e, aos poucos, ia desfazendo-a com as mãos para preparar os sorrentinos do dia. Quando a massa estava pronta e esticada, colocava sobre ela uma longa fileira de montinhos de recheio, que cobria com mais massa e depois cortava com um copo de metal, fazendo movimentos rápidos e precisos com o punho. Depois, os sorrentinos esperavam, ordenadamente dispostos em grandes recipientes de metal sobrepostos, até que chegasse a hora de jogá-los na água fervente.

Enquanto isso, outra das cozinheiras ligava a grelha e o forno, e uma terceira se encarregava da fritadeira, uma enorme panela de ferro cheia de óleo que tinha que ser manuseada com extremo cuidado. A cozinha tinha dois moedores grandes: um era usado para a carne, e o outro, exclusivamente para triturar os tomates do molho que acompanhava os sorrentinos. Electra estava sempre por perto durante a preparação do molho. Ela o experimentava em cada uma das etapas de cozimento e sabia a quantidade exata de sal, azeite de oliva, alho e louro a ser usada para encontrar o equilíbrio desejado. Também supervisionava os caixotes de tomate que os fornecedores traziam para que fossem o mais parecidos possível aos tomates San Marzano, retangulares e pontiagudos, cultivados perto de Nápoles. Quando a ouvia falar dos tomates San Marzano, Chiche dizia, para irritá-la:

– Pfff, os tomates são da América, um presente dos astecas. – E acrescentava: – Você se lembra de quando éramos príncipes e princesas e nos reuníamos ao redor do fogo, antes da chegada dos espanhóis?

Electra não respondia, só revirava os olhos, mas os sobrinhos que estavam por perto respondiam que sim, que se lembravam.

Enquanto não tivessem mesas para atender, os garçons se encarregavam de ralar o queijo, abastecer os cestos com o pão de Rivetta, lustrar as taças e colocar a louça nas mesas.

O caixa não era responsabilidade apenas de Susana ("Marta"), mas também de algum sobrinho ou sobrinha de plantão que recebia os pedidos dos garçons quando os clientes começavam a chegar e atendia o telefone dizendo: "Tratoriiiia". Muitos clientes costumavam fazer os pedidos pelo telefone e apareciam um pouco mais tarde com a própria travessa esmaltada debaixo do braço.

Chiche recepcionava todos – jovens e velhos, conhecidos e estranhos, famosos ou anônimos – com grande cordialidade. Lembrava o nome ou alguma característica de cada pessoa que tivesse passado pelo restaurante alguma vez. Ele gostava de se sentar à mesa das pessoas e conversar um pouco, e os clientes se surpreendiam com seu papo variado e com o tanto que ele sabia sobre uma grande quantidade de assuntos. Seus assuntos preferidos eram a Itália, o cinema italiano e o de Hollywood, a história da Roma Antiga – especialmente os reis etruscos –, mitologia grega, história judaica e a psicanálise de Freud, mas podiam variar de acordo com os livros que ele estivesse lendo na época, e chegavam a incluir: os grupos étnicos minoritários no mundo, a Guerra Russo-Japonesa, o espiritismo, o rei Henrique VIII da Inglaterra e a criação da Igreja Anglicana, as viagens de Darwin ou a queda do Império Inca.

Às vezes, um casal ia comer sozinho e Chiche, que sabia os nomes da família toda, perguntava por cada um dos ausentes: "E Martín? E Claudia? E Federico? E seus pais? E o doutor Magnoli?". Fazia isso para se exibir, porque assim que lhe respondiam, perguntava por alguma outra pessoa. Quando as mesmas pessoas voltavam, algum tempo depois, Chiche inseria na conversa, como quem não quer nada, o que lhe haviam contado da última vez, também para se exibir.

O turno do almoço terminava por volta das três da tarde. Chiche então se retirava para seu quarto no andar de cima para fazer a sesta acompanhado por Adela, e os funcionários saíam por algumas horas para descansar. Alguns, como Facha Farina, que moravam longe de La Perla e não tinham como ir para casa e voltar naquelas horas livres, subiam ao mezanino, onde ficavam os vestiários e as caixas de vinho, e improvisavam, com sacos de lavanderia, camas em que se deitavam para dormir até que o sol começasse a se pôr.

Por volta das seis da tarde, começava tudo de novo. O turno da noite poderia terminar à uma ou às quatro da manhã, dependendo da época do ano, e aí era preciso lavar a louça, limpar a cozinha, colocar as cadeiras sobre as mesas, varrer o chão, colocar as toalhas de mesa e os guardanapos sujos em sacos de pano e deixar o óleo da fritadeira esfriando para poder descartá-lo pela manhã. Quando o último dos clientes ia embora, uma das cozinheiras pegava a enorme panela de óleo fervente com dois panos de prato e atravessava a cozinha como um rei indo para a guerra, aos gritos de "Tá pelando!". Todos davam um passo para trás e abriam caminho até a mulher desaparecer pela porta do pátio.

Também era necessário fazer a contagem do caixa, limpar os banheiros, desligar os aparelhos elétricos e deixar o lugar em condições para que tudo se repetisse da mesma forma no turno do dia seguinte.

Depois de se despedir de todos e dar uma última olhada no salão deserto, Chiche trancava a trattoria por dentro e subia a estreita escada verde para seu quarto recitando em italiano: "*Casa mia, casa mia, per piccina che tu sia, tu mi sembri una badia*", que significava que, por menor que fosse sua casa, ela lhe parecia tão grande quanto uma abadia.

Os pais de Chiche, dois italianos de Sorrento, vinham de uma família que enriqueceu abrindo hotéis na Costa Amalfitana na época em que os viajantes ingleses faziam seu *grand tour* pelo Mediterrâneo. Os ingleses chegavam com suas damas de companhia, pálidos e carregados de malas, e se estabeleciam durante meses em quartos com vista para o mar, fascinados pelo azul do céu. Com o passar dos dias, começavam a pegar uma corzinha e perdiam o tom acinzentado e gelatinoso que traziam de sua ilha. Eles se sentiam originais e aventureiros, como muitos outros ingleses antes deles; a Itália os revigorava.

Uma vez, em um desses contingentes, chegou uma inglesa que ficou encantada com os penhascos e jardins de limoeiros. De tanto descer para a cozinha do hotel para experimentar os doces e bolinhos *babá*, acabou se apaixonando pelo cozinheiro, um jovem enérgico que cantava músicas em napolitano e que, em poucas semanas, a pediu em casamento. Juntos, compraram uma grande casa amarela de frente para o mar e a transformaram em um alojamento. Eram os avós de Chiche.

Os pais de Chiche herdaram aquele hotel e administravam-no durante os meses do verão. No inverno, viajavam pelo mundo. Numa dessas viagens, chegaram a Mar del Plata, que os encantou de imediato porque parecia uma cidade aristocrática e dava para prever que teria um bom futuro hoteleiro. Compraram um hotel, um restaurante e uma casa no bairro de La Perla para se instalar durante os meses do inverno europeu. Quando o negócio começou a funcionar, compraram também terrenos na cidade vizinha de Balcarce e plantaram batatas, com as quais, em pouco tempo, fizeram uma pequena fortuna.

Tiveram cinco filhos: Umberto, Electra, Totó, Carmela e Argentino, o Chiche, todos nascidos em Mar del Plata. A família, no entanto, conservou por um tempo a casa amarela na Itália, onde passavam as longas temporadas da primavera e do verão. Entre eles, falavam em napolitano.

Também adotaram o filho de uma irmã da mãe de Chiche, que havia morrido durante o parto. O sobrinho se chamava Ernesto e era um menino asmático e alérgico que estava sempre resfriado. Em uma das estadias da família na casa de Sorrento, um hóspede do hotel da família, um russo, afeiçoou-se à criança enfermiça, que tinha que ficar dentro de casa enquanto seus primos brincavam no jardim, e, por isso, passava as tardes deambulando pelos corredores vazios, com melecas coladas em cima da boca. O russo puxava papo com ele e, uma vez, deu-lhe um bonequinho de madeira que havia trazido de seu país. O brinquedo se abria, bem no meio, em duas partes, e dentro havia outro boneco igual, porém menorzinho, que também se abria no meio, e assim por diante, até que aparecia o último, o menor de todos. Sempre que aparecia um novo boneco dentro de outro, o russo perguntava a Ernesto, em seu italiano tosco: "E este, qual é o nome dele?" e Ernesto lhes dava um nome: "Michele", "Peppino", "Alberto", "Rolando". Quando apareceu o menor de todos, que tinha o tamanho e a forma de um dedo mindinho, Ernesto caiu na gargalhada, e o russo, comovido com a surpresa, também. O russo era escritor e se chamava Alexei, mas assinava seus livros como Máximo Górki.

A mãe de Chiche, que cuidava de Ernesto como se ele fosse um de seus filhos, apreciava o russo e o considerava um homem decente, porque sabia que ele tinha escrito um romance chamado *A mãe*, no qual a protagonista era, como ela, uma mãe. Ela não tinha lido o romance nem pretendia lê-lo, mas o pouco que sabia sobre o enredo lhe parecia o suficiente para confiar no escritor. Quando falava sobre os russos em geral, ela o fazia pensando em Alexei, que era o único russo que conhecia, e dizia: "Os russos respeitam as mães e escrevem sobre elas". E quando um de seus filhos a mortificava com alguma travessura, ela se queixava e exclamava: "Ah, se fôssemos mais como os russos e respeitássemos as mães!".

Alexei morava em uma vila na parte alta do povoado, junto com vários outros exilados russos, entre os quais duas mulheres, e ninguém em Sorrento sabia qual das duas era sua esposa, porque às vezes ele era visto numa atitude carinhosa com uma e, outras vezes, com a outra, e não parecia haver qualquer conflito a respeito disso entre elas. A mãe de Chiche desconfiava que Alexei andava metido com alguma coisa esquisita e que a polícia vigiava suas atividades, porque, às vezes, passavam carros dirigindo bem devagar em frente ao portão da casa, sem parar, e, de pé na porta, havia um guarda napolitano que, se alguém se aproximasse da grade, cruzava os braços e dizia:

– *O russo nun vo' vede' a nisciuno* – que, em napolitano, significa "o russo não quer ver ninguém".

Às vezes, Alexei abandonava a casa e se instalava uns dias no estabelecimento da família Vespolini para escrever, e então a mãe de Chiche contava às amigas que estava hospedando um grande escritor em seu hotel. As irmãs de Chiche, que se recordavam daquela história, contavam que um dia, pouco antes de anunciar que voltaria para a Rússia, Alexei foi até a senhora e disse que queria adotar Ernesto, o primo enfermiço a quem havia se afeiçoado, e levá-lo com ele para Moscou. A senhora desabou na cadeira e começou a se abanar com as mãos. De jeito nenhum permitiria que seu sobrinho fosse morar na Rússia, para passar frio e comer sopa de repolho. Alexei não discutiu, assentiu decepcionado. Pouco tempo depois, voltou para seu país com seu grupo de amigos russos, e eles nunca mais o viram.

Ernesto cresceu com seus primos em Sorrento e em Mar del Plata. Deixou de estar sempre doente porque um médico italiano conseguiu curar sua asma de uma maneira muito insólita: ele disse à mãe de Chiche que o menino precisava caminhar descalço na grama, antes que o orvalho da manhã evaporasse. A mulher ficou escandalizada:

– Não o mandei para a Rússia e ele vai pegar pneumonia na Itália!

Mas o médico insistiu tanto que, durante o verão, a senhora concordou em fazer o teste. Todos os dias, antes do nascer do sol, uma empregada levava Ernesto pela mão ao longo do penhasco até o local que chamavam de "Banhos da Rainha Giovanna", onde ele tirava os sapatos e corria descalço pela grama. Misteriosamente, a cura funcionou. Ernesto pôde sair para brincar com os primos e entrar no mar. Já adulto, em Mar del Plata, era um dos que costumavam comer na trattoria de Chiche. Tocava *bandoneón* e tinha muita fama de mesquinho.

Quando a casa de Sorrento foi vendida e a herança dividida entre os irmãos e o primo, um erro administrativo fez com que Ernesto recebesse o dobro de dinheiro que os outros. Quando os advogados atentaram para a confusão, Ernesto já havia depositado a quantia em sua conta bancária e nunca se ofereceu para devolvê-la. Nenhum de seus primos lhe pediu abertamente, porque ninguém queria parecer excessivamente interessado no dinheiro, mas, por causa disso, eles o desprezavam em segredo. Alguns anos depois, uma prima italiana visitou Mar del Plata com a intenção de conhecer a trattoria, Chiche e seus irmãos, e com instruções claras de sua mãe para não cumprimentar o primo Ernesto, que tinha ficado com setecentas mil liras que não lhe pertenciam.

O episódio com o russo aconteceu antes do nascimento de Chiche. Quando ele nasceu, se tornou o rival natural de Ernesto.

– Eu poderia ter sido um bolchevique – Ernesto costumava dizer, sentado à mesa da família na trattoria, porque gostava de tirar onda com a história do escritor famoso que teve vontade de adotá-lo, e molhava o pão no molho dos sorrentinos.

– Pfff! – exclamava Chiche com uma careta de repulsa. – O realismo socialista... literatura para *chinasos*![1]

Com o passar das décadas, Mar del Plata, que na época dos pais de Chiche era uma cidade aristocrática, estava cada vez mais cheia de chinasos. Demoliram as mansões da avenida Colón para construir edifícios baratos e de má qualidade, para que as famílias de chinasos pudessem passar as férias. Todos queriam conhecer "A Pérola do Atlântico", e isso incomodava Chiche. Ele considerava que aquela era

---

[1] Palavra criada por Chiche a partir do costume de referir-se pejorativamente a uma mulher de classe baixa como "*chinita*". (N. T.)

a cidade mais bonita do mundo e queria que todos a amassem, mas, ao mesmo tempo, tinha ciúme dela e não gostava muito dos turistas, embora visse como, com as grandes ondas do turismo chinaso, o restaurante ficava cheio todas as noites e os sorrentinos saíam de modo ininterrupto das grandes panelas fumegantes.

Coisas que, para Chiche, não se deveria fazer porque eram de chinaso: tomar banho na praia pública, tirar fotos com as estátuas dos leões-marinhos, pronunciar mal as palavras em línguas estrangeiras, comer peixe-rei no porto, chupar picolé, ir ao Montecarlini e usar sapato sem meia. Também era de chinaso viajar para a Europa com alpargatas, como fizera em várias ocasiões o primo Ernesto, que se vangloriava, sempre que podia, de ter percorrido Londres, Paris e Madri com o mesmo par.

O momento que a família amava mais do que qualquer outro era o de sentar-se à mesa, pouco antes que a refeição fosse servida. Eles gostavam da comida em si, mas gostavam especialmente da expectativa, e é por isso que, em geral, não eram muito dados a surpresas. Preferiam saber de antemão o que lhes seria servido, imaginar o sabor e a abundância dos alimentos, cultivar em seu interior o espaço para apreciar a comida que estava prestes a chegar. Consideravam as surpresas algo grosseiro, um mero golpe de efeito. Era bem melhor saber, esfregar as mãos e esperar.

Durante as refeições na trattoria, enquanto os parentes se serviam sorrentinos das travessas prateadas e conversavam animadamente, Chiche sempre perguntava ao sobrinho que estivesse mais perto:

– Você se lembra de quando éramos pobres?

Quando o sobrinho respondia que sim, ele acrescentava:

– Não como agora!

Mais que o sofrimento, ou a dor, o grande inimigo da família era a *mishadura*. Ela era quase tão temida quanto a morte. Sempre que os parentes de Buenos Aires telefonavam para cumprimentar nas festas de fim de ano, Chiche lhes perguntava: "O que estão comendo? Tem mishadura?", e a pessoa do outro lado da linha tinha que descrever com riqueza de detalhes todas as coisas que estivessem servidas à mesa. Quando o próprio Chiche organizava uma festa, para o aniversário do restaurante ou para seu aniversário, que coincidia com a comemoração do Ano-Novo, passeava pela longa mesa de familiares perguntando: "Tem mishadura? Tem mishadura?". E todos respondiam em coro:

– Não, tio!

E se ele estivesse de dieta ou já tivesse comido e pedisse a um dos garçons: "traga-me um pedacinho de queijo" ou "traga-me um pouquinho de sorvete, mas bem pouco", ao ver o prato com o pedacinho de queijo ou a taça com o pouquinho de sorvete que lhe traziam, Chiche dizia: "Eu disse *um pouco*, não mishadura!".

Mishadura não era uma medida exata, mas uma percepção da abundância e da boa vontade com que a comida era servida. Um jantar em que não chegassem constantemente à mesa pratos novos e variados era mishadura. Quando havia comida abundante, mas de um único tipo, e não dois pratos ou alguma entrada: mishadura. Uma pessoa mishadura era aquela que recepcionava os convidados em sua casa sem oferecer nada para comerem antes do prato principal, ou aqueles que não se preocupavam de que houvesse uma quantidade de comida suficiente para poder repetir. Os restaurantes que não serviam um cesto de pão eram mishadura, assim como as casas onde não se tomava um cafezinho depois das refeições e os pratos eram recolhidos assim que terminavam de comer.

Mas a mishadura não tinha nada a ver com a pobreza nem com a riqueza. Existia gente com grana que servia comida mishadura, especialmente os franceses e os italianos do norte, em cujas mesas se via mais o prato do que a comida. E também existia gente pobre que se esmerava na preparação de alimentos porque sabia que a abundância à mesa era um sinal e presságio de qualquer outra fortuna.

O momento mais triste era quando terminavam de comer, e, por isso, passavam muito tempo à mesa depois das refeições na trattoria, às vezes horas, como se cada refeição fosse uma vida e ninguém quisesse se despedir dela. O restaurante não servia café aos clientes, porque as pessoas que tomam café demoram muito mais tempo para sair da mesa. Mas a família, sim, tinha permissão para tomar café. Era comum que, ao ficar sabendo que não serviam café, um cliente apontasse para a longa mesa em frente à cozinha em que várias pessoas tomavam golinhos de suas xicrinhas brancas e, irritado, dissesse ao garçom:

— Naquela mesa estão tomando.

E o garçom respondia:

— Ah, mas aquela é a mesa da família.

Na época em que a família começou a fazer os primeiros sorrentinos, ainda não existiam o edifício do Cassino nem o Hotel Provincial, que, mais tarde, se tornou o cartão-postal mais famoso da cidade. Quando a família Vespolini chegou a Mar del Plata, o calçadão era de madeira, e, por isso, a frase que Chiche escolheu para anunciar a trattoria nas propagandas do rádio era: "Quando o calçadão era de madeira, a Trattoria Napolitana já cozinhava os famosos sorrentinos Vespolini".

A origem do sorrentino era um momento mítico na família e um grande tema de discussão na mesa do restaurante. Alguns parentes dados às reflexões argumentavam que sua criação estava intimamente relacionada com o medo da mishadura.

Dizia-se que eles foram inventados por Umberto, o irmão mais velho de Chiche, que tinha morrido jovem e batizado a receita original com seu nome: Sorrentinos Don Umberto®. Umberto tinha muitos amigos e sempre convidava gente para comer. Usava um bigode fininho e fazia um tremendo sucesso com as mulheres, que o perseguiam e lhe mandavam cartas de amor perfumadas. Era o completo oposto de um catrosho: gostava de futebol e de sentar-se em uma cafeteria do bulevar para ver passarem os últimos modelos dos carros.

Quando Umberto queria saber se uma mulher lhe convinha, convidava-a para ir ao restaurante e preparava um banquete com antepasto, primeiro prato, prato principal e sobremesa. Se ela cruzasse as mãos sobre o peito e fizesse o gesto de "estou cheia" antes de chegar ao final ou se cheirasse os alimentos antes de levá-los à boca, isso significava que ela não tinha espírito para fazer parte da família. Várias de suas namoradas se afeiçoaram aos irmãos de Umberto e aos funcionários, e, mesmo depois que se separavam, apareciam de vez em quando para comer na trattoria e eram recebidas calorosamente na mesa da família.

A mulher ideal de Umberto era Sophia Loren. Ele a adorava especialmente em um filme em que ela é uma camponesa napolitana de temperamento forte que se apaixona por um príncipe espanhol, que é Omar Sharif. Ela sempre usa vestidos bem justos, de decotes profundíssimos, com o cabelo solto e gestos muito altivos, apesar de ser pobre, como se seu orgulho fosse muito antigo. A princípio, os dois se detestam, embora a tensão entre eles seja evidente. Mas depois se apaixonam graças à ajuda de uma bruxa e de um monge que pode voar. Para se casar com ele, ela tem que competir contra várias princesas em um concurso de lavar pratos. A cena em que ela lava energicamente a louça do banquete era a favorita de Umberto. "Se eu pudesse ver os peitos de Sophia Loren", dizia, "mesmo que fosse através de um vidro, seria o homem mais feliz do mundo."

Muitas vezes, Umberto cozinhava para cinquenta pessoas, sozinho, com um avental e um cigarro pendurado na boca. Como receava que alguém ficasse com fome e dissesse que na casa da família Vespolini tinha mishadura, ele sempre cozinhava a mais. Os tabuleiros da massa especial dos sorrentinos eram ideais para esses encontros: recheava-se com presunto, queijo e salsinha, um recheio que não precisava ser cozido previamente, cobria-se com outra massa, fina e extensa como um lençol. A água da cocção tinha que ser de Mar del Plata. Todas as vezes que Umberto cozinhou os sorrentinos em Buenos Aires ou em alguma outra cidade, a opinião foi unânime: o resultado era de qualidade inferior. Havia algo na água de Mar del Plata que conferia aos sorrentinos seu sabor inconfundível.

Além de cozinhar, Umberto gostava de dar longos passeios pela orla, e muitas vezes levava consigo seus sobrinhos, os netos de Carmela. Antes de sair para passear, ele perguntava:

– O que querem comprar no quiosque?

Eles, entusiasmados, gritavam:

– Alfajor! Sorvete! Maçã do amor!

Ele assentia e começavam a caminhar, conversando sobre um pouco de tudo enquanto as crianças discutiam em voz alta que tipo de sorvete ou alfajor escolheriam. Mas, quando chegavam ao destino, que costumava ser Punta Mogotes, porque as crianças se cansavam de andar, Umberto parava em frente ao quiosque e dizia ao vendedor:

– Marmelita com Cindor para todos.

E todos acabavam tomando leite achocolatado Cindor e comendo Marmelita, que era uma alfajor de Mar del Plata coberto de chocolate e recheado com um doce branco e espumoso.

Quando Umberto se casou, todos ficaram surpresos. Primeiro, porque ele parecia ser o eterno conquistador que nunca se deixaria conquistar, e, segundo, porque a moça não se parecia nem um pouco com Sophia Loren e tinha a aparência de quem não conseguiria terminar um prato de macarrão sem ajuda. Ela era muito jovem. Seu nome era Luisina, mas a chamavam de Mari. Umberto ia trabalhar no restaurante, e Mari ficava em casa jogando paciência e ouvindo radionovelas. "Fico entediada", ela dizia quando se reencontravam à noite, e ele se oferecia para ensinar-lhe as receitas da família para que ela pudesse trabalhar supervisionando o restaurante, mas ela não queria. Comia pouquinho e não encontrava prazer em nenhum prato, nem doce nem salgado. Mas Umberto tinha se apaixonado por ela como por nenhuma outra e levava-a orgulhoso para as reuniões familiares e os jantares com amigos. Suas irmãs, Carmela e Electra, quando falavam sobre Mari, que era tão magra, diziam: "Tem a anemia europeia".

Um dia, quando voltou do trabalho, Umberto descobriu que Mari tinha ido embora. As coisas dela já não estavam ali, e faltava uma mala. Ele a procurou desesperadamente na casa dos pais e por toda a cidade, mas ela não estava em lugar nenhum, tinha-o abandonado. Diziam que, depois disso, ele nunca mais foi o mesmo. Perdeu o interesse em cozinhar e organizar reuniões, e, pouco a pouco, foi deixando o controle do restaurante nas mãos de Chiche, seu irmão mais novo, que até então morava com a mãe e só trabalhava algumas horas por semana dando aulas de italiano e inglês para conhecidos. Os sorrentinos conservaram seu nome no cardápio, mas, com o tempo, foram se tornando independentes dele, até que chegou um momento em que só a família sabia quem tinha sido o inventor da famosa massa circular.

Alguns anos depois, Mari apareceu um dia na porta da casa de Umberto. Estava mais madura e já não parecia sofrer de anemia. Ela contou que tinha se juntado com outro homem e que teve um filho. Tinha-o levado com ela, para que Umberto pudesse conhecê-lo, um menino rechonchudo de cabelos encaracolados. Umberto convidou-os para entrar e preparou rapidamente um antepasto com queijos, salames, azeitonas e um matambre frio que estava na geladeira. Abriu uma garrafa de vinho e fez muitas perguntas a Mari: como ela estava, onde morava, se o menino era saudável e se torcia para o Boca, porque não podia ser de nenhum outro time além do Boca. Os três riram, e Umberto serviu um pouco de vinho ao menino.

– Para que se acostume! – disse, e encostou sua taça na da criança, e o menino também riu e tomou só um gole porque o vinho lhe pareceu desagradável.

Quando estavam prestes a ir embora, Umberto deu um abraço apertado nos dois. Ele agradeceu a Mari pela visita e por deixá-lo conhecer seu filho. Pediu que voltassem outro dia para visitá-lo e sugeriu que poderiam levar o menino para passear pela orla e comer Marmelita com Cindor.

Naquela noite, depois de telefonar para as irmãs para contar o que tinha acontecido, Umberto morreu em casa de ataque do coração.

A seu funeral, alguns dias depois, compareceram todas as suas ex-namoradas e amantes, e mais de uma vez escutou-se alguma exclamar, entre soluços: "Por que não me casei com ele, me diga?".

A trattoria ficou fechada por luto durante uma semana, e uma foto de Umberto passou a fazer parte da decoração do lugar, em um local privilegiado entre a mesa principal e o caixa.

No dia em que o restaurante reabriu as portas ao público, Chiche estava de pé atrás do caixa, cumprimentando os clientes e cuidando de tudo.

Chiche se considerava catrosho e tinha muitos amigos que também eram, entre eles, um célebre bioquímico, um arquiteto que ia às sextas-feiras comer escalopes ao Marsala e Adelfi, um padre fã de música clássica que protestava quando os biscoitos Ópera que acompanhavam seu sorvete vinham moles.

O célebre bioquímico era o melhor amigo de Chiche e se chamava Pepé. Ele pesquisava vacinas e remédios para doenças estranhas. Tinham se conhecido vários anos antes, quando Chiche dava aulas particulares de idiomas. Pepé tinha começado a tomar aulas de inglês porque estava prestes a viajar para um congresso de bioquímica nos Estados Unidos, e um amigo em comum lhe recomendou Chiche, que tinha um grande talento para as línguas e era fluente em inglês, italiano e francês. Juntos, liam clássicos da literatura e analisavam as letras das canções de Nat King Cole. Chiche gostava de "L-O-V-E", especialmente dos primeiros versos, que diziam:

> *L, is for the way you look at me*
> *O, is for the only one I see*
> *V, is very, very extraordinary*
> *E, is even more than anyone that you adore.*[2]

---

[2] "A é pelo jeito como você me admira/ M é por ser muito, muito extraordinário/ O é porque só tenho olhos para você/ R é realmente mais do que quem você mais adora", em tradução livre. (N. T.)

Pepé era dotado de uma inteligência prodigiosa e havia recebido bolsas de várias universidades europeias, nas quais ia trabalhar alguns meses, mas depois voltava, porque sentia falta de Mar del Plata e de seu apartamento na rua 20 de Septiembre. Chegava cedo à trattoria, quando os funcionários almoçavam e as portas ainda estavam fechadas, e comia na mesa da família. Mesmo que a conversa depois do almoço ficasse interessante ou acalorada, quando dava meio-dia e meia, sem exceção, Pepé se levantava e se despedia, porque à uma da tarde tinha que estar em casa vendo *Rosa de longe*.[3] Ele adorava essa novela e, na trattoria, comentava com riqueza de detalhes o que tinha acontecido no capítulo do dia anterior. "Rosa está grávida!", dizia, ou "Rosa está estudando para ser uma estilista internacional!" A protagonista do programa era Rosa María Ramos, uma jovem de Santiago del Estero que ia trabalhar como empregada doméstica em Buenos Aires para alimentar seus oito irmãozinhos e era vítima da maldade e da falsidade da capital, embora no caminho também encontrasse pessoas boas que a ajudavam a seguir adiante. "A cútis de Rosa!", comentava Pepé, "Como Rosa sofre!", e se preocupava com o destino dela como se fosse uma pessoa próxima.

Pepé era muito querido por todos da família, exceto por Manuel, um sobrinho de Chiche, filho de Carmela, que o desprezava por ser catrosho e porque era sabido que ele tinha problemas com a bebida. Zombava de Pepé quando ele não estava presente e, se compartilhavam a mesa e por acaso se sentassem perto, dava para ver que Manuel ficava incomodado, com os joelhos virados para o lado contrário. Claro que nunca expressava essa antipatia perto de Chiche.

---

[3] *Rosa… de lejos* é uma telenovela argentina dos anos 1980. (N. T.)

Umberto não tinha sido bom administrando o restaurante; gastava fortunas convidando seus amigos para comer e emprestava dinheiro para gente que nunca o devolvia. Além disso, tinha um carisma muito especial, e seus irmãos eram ofuscados por sua personalidade. Depois de sua morte, Chiche começou a impor as próprias receitas e a trattoria passou a ser um lugar cada vez mais frequentado por seus amigos catroshos, que comiam com a família na mesa em frente à cozinha e ficavam um longo tempo depois das refeições participando de conversas fluidas.

Com o passar dos anos, os sorrentinos começaram a se tornar populares, primeiro em Mar del Plata, e depois no restante do país, e chegou um momento em que vários restaurantes os ofereciam no cardápio. Um dia, Chiche ouviu o rumor de que estavam servindo sorrentinos de ricota e nozes no Montecarlini, o que era um verdadeiro absurdo, porque esse era o recheio dos pansotti.

A relação entre os dois restaurantes sempre tinha sido tensa, mas havia certos limites que nenhuma das duas famílias havia cruzado até então; que agora servissem sorrentinos era algo de muito mau gosto, beirando o intolerável. Então Chiche teve a ideia de mandar espiões ao Montecarlini.

A missão coube a Mario, o garçom de confiança. Um meio-dia, Mario tirou o paletó da trattoria e o pendurou com cuidado num cabide, como um soldado. Vestiu o casaco e, com uma travessa prateada debaixo do braço, foi caminhando até o restaurante Montecarlini mais próximo, que ficava a dois quarteirões de distância, na rua Corrientes.

O clima na trattoria era tenso. Aqueles que tinham ficado esperando tamborilavam sobre a mesa com os dedos e tentavam se distrair conversando sobre os assuntos de sempre, mas dava para notar que estavam nervosos.

— E se o reconhecerem? — disse Carmela, esfregando as mãos com álcool.

— Vai ser preso? — perguntou uma das sobrinhas-netas.

Chiche a mandou calar a boca. Aquela sobrinha o irritava especialmente. Fazia o dever de casa da escola numa das mesas da trattoria, comendo linguiça e os pedacinhos de queijo parmesão que a máquina não conseguia triturar, e toda vez que Chiche passava perto dela, dizia:

— Você vai ficar gorda como a vovó se continuar comendo assim.

Aquela mesma sobrinha tinha comemorado seu último aniversário no restaurante e causou alvoroço entre as amigas porque, em vez de bolo, pediu que lhe fizessem uma pizza com uma velinha no meio.

— Não vai *sher prezzzo*, disse a prima Dorita, que falava exagerando os esses e os zês. — No *máshimo*, pagará uma multa.

— Pfff! — disse Chiche.

Quase todas as intervenções da prima Dorita recebiam um "pfff" como resposta, o som que ele fazia quando algo lhe parecia tão estúpido que nem valia a pena responder. Ela nunca se ofendia, nem mesmo na vez que, enquanto contava da operação de varizes que teria que fazer, Chiche a interrompeu na frente de toda a mesa:

— E pra que você vai se operar, se você não dorme mais com ninguém?

Meia hora depois, Mario reapareceu na entrada, caminhando devagar, com a travessa enrolada em papel branco apoiada nas mãos. Foi recebido como um herói. Deram-lhe tapinhas nas costas enquanto ele vestia de novo o uniforme de garçom. Desocuparam uma parte da mesa e retiraram o papel da travessa. Carmela juntou as mãos, como se estivesse rezando.

Os sorrentinos do Montecarlini tinham uma borda de massa irregular que lhes dava a aparência de chapeuzinhos ou de pequenos discos voadores. Ao vê-los, Chiche fez sua típica careta de desgosto. Distribuíram-se os talheres e todos começaram a cortar pedacinhos e a levá-los à boca, esticando o pescoço e torcendo o nariz.

– Nojento! – disse Carmela imediatamente.
– Mole, passado! – disse Virginia, a filha de Carmela.
– Como a *masha* é *grosha*! – disse a prima Dorita.

A sobrinha-neta cortou um pedaço grande, passeou-o pelo molho e enfiou na boca. Depois de um tempo, disse, timidamente:

– Eu gostei.
– Isso porque você é uma anta! – disse Chiche. – Isso é uma *papocchia* nojenta. Pfff!

Papocchia era uma invenção dele e teve sua origem em Mario Papocchia, um amigo italiano de seus pais que ia visitá-los quando ele era pequeno e levava de presente balas muito duras ou doces de alcaçuz ou outras coisas estranhas, nunca um chocolate. *Papocchia* tornou-se sinônimo de algo ruim, de mau gosto, algo para que Chiche não encontrava explicação. Em geral, as papocchias tinham a ver com a cultura norte-americana. Quando seus sobrinhos ficavam fascinados com o cinema de Hollywood e falavam sobre um filme que tinham visto, Chiche, que adorava conversar sobre cinema, dizia, com um gesto de repugnância: "Papocchia americana". Também eram papocchias os filmes sobre a Segunda Guerra que não fossem italianos, mascar chiclete, tudo o que se relacionasse à NASA e aos astronautas, os hambúrgueres e, mais tarde, quando se tornou popular, também o sushi.

– Os sorrentinos do Montecarlini são papocchias e o molho é uma porcaria.

Esse foi o parecer de Chiche, e seus sobrinhos, que dia e noite comiam de graça no restaurante, estavam unanimemente de acordo.

O cardápio da trattoria parecia um livro estofado em couro e era um mistério para a família: Chiche não deixava que ninguém o examinasse para pedir. Fazer isso teria sido considerado uma ofensa, uma atitude de forasteiro, de profano. Apenas os pratos conhecidos eram pedidos, e supunha-se que a família conhecia todos os pratos servidos no restaurante. Se surgisse uma dúvida sobre os ingredientes de um molho ou de uma preparação, era preciso perguntar aos garçons ou ao próprio Chiche, que aproveitava a oportunidade para fazer comentários sobre a história das receitas.

Contava, por exemplo, que seus avós de Sorrento, quando eram jovens e ainda não haviam se tornado hoteleiros, tinham sido cozinheiros do último rei de Nápoles, antes que ele fosse derrubado por Garibaldi nas batalhas pela unificação da Itália. Aquele rei era amável e de temperamento brando, e adorava a comida. Seu nome era Francisco II, mas o chamavam de "O rei Lasanha". Na realidade, quem o chamava assim era seu pai, um homem arrogante e severo que, com aquele tratamento humilhante, arruinou-o politicamente, porque o rei "Lasa", com esse apelido, não era respeitado por ninguém. Chiche gostava de contar que Francisco amava tanto as massas que, quando terminava de comer, passava o pão no prato para não perder nem uma gota de molho, e lambia os dedos, inclusive na frente dos convidados oficiais da corte.

Quando havia um banquete, os avós de Chiche viajavam de Sorrento para Nápoles e participavam da preparação dos doces e das sobremesas na cozinha do rei Lasa. Chiche afirmava que seus avós seguiam receitas aprendidas num livro do século XVIII escrito por um monge beneditino que havia percorrido a Itália experimentando pratos e anotando ingredientes. "A culinária do sul da Itália é a união perfeita entre o refinado e o popular", repetia diversas vezes.

Os doces napolitanos tradicionais consumidos em família não estavam no cardápio da trattoria; eram reservados para ocasiões especiais, como as festas de fim de ano ou os aniversários. Nessas datas, Electra pedia que a cozinha fosse desocupada e, à tarde, quando não havia funcionários trabalhando, dedicava-se a preparar *struffoli*, *babá*, *zeppole* ou *pastiera*.

Às vezes, algum amigo ou conhecido da família Vespolini era convidado para alguma celebração familiar em que esses doces incomuns eram servidos. Invariavelmente, ele aparecia alguns dias mais tarde na trattoria e, depois de comer, perguntava como quem não quer nada:

– Don Chiche, qual é o nome daquelas bolinhas com mel que sua irmã faz tão bem?

– Ah, *struffoli* – respondia Chiche, contente. E, vendo que o outro se entusiasmava achando que poderia comê-las novamente, acrescentava com uma pitada de maldade: – Só se come no Natal.

A trattoria também não servia pizza. A pizza era uma instituição em si, e nenhum napolitano que não fosse mestre pizzaiolo poderia ter a audácia de servi-la como um prato qualquer, como parte de um cardápio amplo. Era preciso seguir regras estritas na preparação da pizza, e a família respeitava essas regras da mesma forma que exigia que as regras da preparação dos sorrentinos fossem respeitadas, embora a ideia de divulgar a receita da massa os incomodasse profundamente. Em Nápoles, certas pizzas só eram preparadas com tomates cultivados na encosta do Vesúvio e eram condimentadas com azeite de oliva extravirgem vertido no sentido das agulhas do relógio. Do mesmo modo, os sorrentinos só deveriam ser feitos com a massa secreta de Umberto e cozidos na água de Mar del Plata.

Ainda que não dissesse abertamente, a família tinha uma relação ambígua com a pizza, que era um prato típico de sua região, mas que a diáspora napolitana havia transformado na comida mais internacional de todas. No fundo, ansiavam que sua invenção familiar tivesse o mesmo destino, mas temiam que algum dia os sorrentinos fossem servidos em todos os lugares, cozidos de qualquer jeito, cortados impunemente com a faca em cantinas espalhadas pelo mundo.

Embora Chiche e seus irmãos amassem a cidade de Nápoles, e sua língua e sua cultura fossem praticamente napolitanas, ao mesmo tempo havia uma leve sensação de superioridade nos habitantes de Sorrento, que se consideravam mais finos e mais setentrionais que os napolitanos, apesar de estarem um pouco mais ao sul. A família de Chiche, por exemplo, achava que Nápoles era excessivamente intensa e só a visitava quando tinha que resolver questões burocráticas ou fazer compras que não podiam ser feitas em sua cidade.

Durante o verão, os clientes da trattoria tinham que esperar horas por uma mesa, e muitas vezes o turno da noite terminava altas horas da madrugada. Nesses meses, Chiche contratava vários funcionários do interior que iam a Mar del Plata para trabalhar durante a alta temporada.

Vinham de Santiago del Estero e ficavam até março, quando o turismo arrefecia e o restaurante voltava a fechar em horários normais. A santiaguina encarregada da ilha de sobremesas e dos antepastos se chamava Rosa Sosa. Certa vez, conversando com outras cozinheiras sobre seus lugares de origem, Rosa Sosa comentou que Mar del Plata, com seu cassino internacional e seu calçadão, não lhe parecia nada de outro mundo.

– Umas casas a mais, umas casas a menos, igualzinha à minha Santiago – disse.

Na realidade, a frase era o refrão de uma canção de Los Hermanos Ábalos que ela costumava cantar e que dizia assim:

Buenos Aires, tierra hermosa,
Nueva York, grandioso pago.
¡Casas más, casas menos...
igualito a mi Santiago![4]

Chiche ficou fascinado com essa frase e passou a usá-la toda vez que voltava de viagem. No ano seguinte, quando conheceu Paris e os sobrinhos lhe perguntaram o que tinha achado, respondeu:

– *¡Casas más, casas menos, igualito a mi Santiago!*

Além de Rosa Sosa, havia outros três funcionários santiaguinos que, durante o verão, trabalhavam como garçom, lavador de pratos e auxiliar de cozinha. Depois do turno da noite, tomavam banho e iam para casa arrumados, com o

---

[4] "Buenos Aires, terra linda/ Nova York, lugar grandioso/ Umas casas a mais, umas casas a menos/ Igualzinho à minha Santiago", em tradução livre. (N. T.)

cabelo molhado e penteado. Por alguma razão, nunca caminhavam juntos, mas em fila, um atrás do outro.

– Vão seguindo o rastro – explicava Electra à família –, como em Santiago.[5]

Os três eram altos e cordiais, e, mesmo muitos anos depois de terem passado pelo restaurante, sempre que se mencionava alguma pessoa de Santiago del Estero, Electra se lembrava deles dizendo: "Os santiaguinos são altos e bonitos, e sempre andam em fila".

Os clientes da trattoria não iam apenas para comer: também esperavam secretamente que algum evento ocorresse na cozinha, uma briga ou uma discussão que se tornaria o espetáculo da noite.

Às vezes, quando seus sobrinhos mais novos comiam no restaurante, Chiche obrigava-os a cantar alguma música em italiano:

– Cantem! Para que as pessoas digam: como este lugar é alegre!

As irmãs de Chiche também costumavam cantar e gostavam de recordar o tenor Enrico Caruso, que, com sua voz maravilhosa, havia quebrado cristais nos teatros mais importantes do mundo, entoando cançonetas napolitanas e tornando-as tão famosas quanto a pizza. A mais conhecida – embora não necessariamente a mais bela – era "O sole mio". Também cantavam uma sobre um soldado que vai para a guerra e pede que a namorada o espere, que escreva

---

[5] Os caminhos e as estradas em Santiago del Estero ficam cobertos de terra por causa do clima, que é muito seco, então os nativos recomendam "seguir o rastro" para o carro não atolar. (N. T.)

cartas para ele e que fique contente porque ele não pensa em nenhuma outra mulher além dela. Essa música se tornou uma espécie de hino de Nápoles, e até os torcedores de futebol a cantavam no estádio, dedicando esses versos de amor ao time da cidade.

Outra música muito famosa falava em retornar a Sorrento, e era tão bonita que até Elvis havia gravado uma versão em inglês chamada "Surrender", título que soava semelhante ao modo como as irmãs de Chiche pronunciavam *Surriento*.

– Mas a versão em inglês é papocchia – dizia Chiche. Como a cozinha ficava no fundo do salão e estava à vista, tudo o que acontecia ali dentro, bom ou ruim, era motivo de espetáculo.

O mais famoso aconteceu numa tarde em que uma cozinheira e uma garçonete brigaram pelo mesmo homem, um auxiliar do restaurante que havia seduzido as duas. A cozinheira, com ciúmes, entregou à garçonete um pedido errado para deixá-la em maus lençóis com os clientes, e a garçonete, para se vingar, jogou um frasco inteiro de sal na massa dos sorrentinos sem que a outra se desse conta. A briga começou quando Chiche foi se sentar à mesa dos clientes e, percebendo que algo estranho estava acontecendo com a comida, experimentou um sorrentino mais salgado que a água da Bristol.[6]

– Catroshas! – gritou da mesa para elas.

Todos os clientes do restaurante, paralisados pelo horror e pelo fascínio, apoiaram os garfos no prato e viraram as cadeiras para o lado da cozinha. Houve um segundo de silêncio que alcançou a cozinheira e a garçonete e as deixou

---

[6] Praia em Mar del Plata. (N. T.)

imóveis, uma olhando para a outra com ódio, como duas garotinhas. Um instante depois, uma estava em cima da outra, arranhando o rosto e puxando o cabelo. A cabeleira preta da cozinheira, que permanecia sempre guardada dentro da touca, liberou-se de repente como um gato exasperado. Só se acalmaram quando o auxiliar chegou para separá-las e levou as duas para dentro.

– É nisso que dá ter funcionárias chinasas – disse Chiche.

Pepé estava na trattoria naquela tarde e ficou assistindo à briga, fascinado pelo show como os demais presentes. Quando Carmela percebeu que o horário de sua novela favorita havia passado, ela lhe disse:

– Pepé, você perdeu *Rosa de longe*!

– Não se preocupe, Carmela – respondeu ele. – Hoje tive *Rosa de perto*.

O episódio se espalhou como um boato por toda a cidade, e na noite seguinte o restaurante estava lotado de gente. A fila de famílias esperando para entrar chegava até a avenida Independência e dobrava a esquina.

O restaurante também tinha alguns clientes que eram chamados de pensionistas, porque todo dia iam almoçar e pagavam um preço fixo pelo menu, que era o mesmo que os funcionários comiam. Os pensionistas eram apreciados: foram os primeiros a experimentar os sorrentinos Don Umberto® muitos anos antes, quando o negócio acabava de começar e não passava de um pequeno empreendimento familiar. Inclusive, vários deles comiam na longa mesa da família, onde cabiam umas vinte pessoas. Um dos pensionistas era um médico que chegava todos os dias às 12 em ponto e tinha adquirido a fama de sempre ter uma resposta inteligente para tudo. Às vezes, as garçonetes entravam rindo no restaurante porque tinham visto o doutor cinco para o meio-dia parado na esquina, fazendo hora para entrar pontualmente. Quando uma conversa na mesa se tornava filosófica ou complexa, pediam sua opinião.

Uma vez, Carmela e Corina, uma ex-namorada de Umberto, conversavam sobre um dos funcionários santiaguinos, um homem alto e moreno que no verão era auxiliar na trattoria e no inverno trabalhava no campo.

– Corina – perguntou Carmela –, o que você acha do santiaguino que lava a louça?

– É um homem tão sério e reservado! – disse Corina.

– Se lhe oferecessem um milhão de pesos, você dormiria com ele? – perguntou.

– Ai, não sei. Como é difícil! Eu teria que pensar! E você?

– Ai, meu Deus, não sei! – disse Carmela, escandalizada com a própria pergunta. – Mas um milhão de pesos é muito dinheiro...

Enquanto comia, o doutor ouvia impassível a conversa das duas mulheres.

– O que o senhor acha, doutor? – perguntou Carmela.

– Seria preciso perguntar ao santiaguino se ele iria querer – respondeu muito sério e continuou tomando a sopa.

Contava-se à mesa que, certa vez, Chiche havia ido a Buenos Aires para tentar patentear os sorrentinos como uma invenção familiar. Toda vez que viajava, ia acompanhado por um de seus funcionários mais próximos. Naquela ocasião, havia levado uma garçonete jovem e enérgica que tinha entrado recentemente, mas que já se apresentava como uma pessoa de confiança. Chiche teria levado Adela, mas Adela era tão frágil e sciaquada que ele nem sequer poderia pedir-lhe que carregasse as malas.

Sciaquada era a palavra com a qual a família nomeava as mulheres sem graça. Não importava se eram velhas ou jovens, lindas ou feias, gordas ou magras (e, embora nem todas as magras fossem sciaquadas, geralmente o contrário era verdade). Era uma categoria que se aplicava apenas ao gênero feminino e vinha da palavra em italiano para "enxaguar". Não existiam homens sciaquados. Havia aristocratas sciaquadas, que tinham as melhores roupas, mas sempre pareciam lavadas, tristonhas, como se fossem aguadas. Havia também atrizes sciaquadas, que não transmitiam nenhuma emoção. Para Chiche, nenhuma atriz italiana era sciaquada; estavam mais para o contrário disso, e, embora não existisse uma palavra para descrever essa qualidade oposta, as atrizes não sciaquadas eram, é claro, Sophia Loren, Anna Magnani, Silvana Mangano e muitas outras. Esta última era sua preferida, especialmente no papel de Anna, naquele filme em que ela, Mangano, é uma freira que cuida dos doentes em um convento e, um dia, chega um homem que faz com que ela recorde seu passado de cantora meio catrosha num cabaré. Então ela se ajoelha para rezar, mas também dá para notar que sente saudades de sua vida anterior, tão diferente da que leva agora. Tambores começam a ser ouvidos e aparece uma cena de seu passado, em que ela usa umas calças infladas e dança e canta com dois negros "*el baión*", e seus gestos são tão estranhos que ela parece uma mulher de outro mundo. Chiche sabia a música inteira e cantava, sempre que estava de bom humor, quando descia ao restaurante para o turno do almoço:

> *Ya viene el negro zumbón*
> *bailando alegre el baión*
> *repica la zambomba y llama a la mujer…*
> *¡Tengo ganas de bailar el nuevo compás!*
> *Dicen todos cuando me ven pasar:*
> *"¿Chica, dónde vas?".*
> *"Me voy pa' bailar… ¡el baión!".*[7]

Quando Manuel, o filho de Carmela, começou a namorar Margarita, uma moça calada, loira e muito fina, Carmela disse na trattoria:

– É uma boa moça, mas um pouco sciaquada.

Carmela estava particularmente interessada em que nenhuma namorada de seus filhos fosse sciaquada ou catrosha,

---

[7] "Lá vem o negro brincalhão/ dançando alegre o baião/ repica a sarronca e chama a mulher…/ Quero dançar o novo compasso!/ Todos perguntam ao me ver passar:/ 'Moça, aonde vai?'./ 'Estou indo dançar… o baião!'", em tradução livre. (N. T.)

mas, se tivesse que escolher entre essas qualidades, sciaquada era o mal menor. Havia, no entanto, uma grande diferença entre as duas: uma mulher poderia deixar de ser catrosha se quisesse, mas deixar de ser sciaquada era bem mais difícil.

Os sobrinhos mais novos iam e perguntavam a Chiche:
– Minha mãe é sciaquada?
– Claro – respondia ele.
– E a prima Dorita é catrosha?
– Agora não, foi quando era jovem.
– A gente é chinaso?
– Vocês, não, os primos de Buenos Aires, sim.

Em Buenos Aires, Chiche e a nova garçonete se hospedaram num hotel, em dois quartos separados que se conectavam por uma porta para que Chiche pudesse chamá-la e pedir-lhe coisas sem ter que se levantar da cama. Entre os funcionários da trattoria, ser escolhido para viajar com ele era, ao mesmo tempo, um grande sinal de confiança e uma maldição. Era preciso acordar antes dele para preparar-lhe a roupa, carregar suas malas, lembrar a hora em que tomava cada remédio, acompanhá-lo a todos os lugares e resolver coisas para ele. Além disso, era necessário lembrar de colocar na mala as fronhas do travesseiro, porque Chiche não gostava de usar as fronhas do hotel.

No escritório de patentes de Buenos Aires, ele foi atendido por um homem que lhe perguntou:
– O que você quer registrar?
– Os sorrentinos.
– E o que é isso?
– Uma massa recheada.
– Como os raviólis?
– Não, não têm nada a ver – disse Chiche com um gesto de repulsa.

— Mas as massas recheadas já existem — respondeu o funcionário com um lampejo de satisfação nos olhos.

Chiche contava esse episódio com sua clássica cara de desgosto, uma careta inesquecível que só existe em alguns rostos italianos e que consiste em deformar metade da face e abaixar a comissura dos lábios, como se imitasse a máscara grega da tragédia. Naquela viagem, e especialmente por culpa daquele funcionário, Chiche não tinha conseguido registrar a patente. Algum tempo depois, no entanto, ele conseguiu inscrever os sorrentinos Don Umberto® como marca registrada naquele mesmo escritório na rua Paseo Colón.

— Porcaria de *spaccone* — dizia, ao lembrar-se daquele funcionário. Um *spaccone* era uma pessoa que tirava onda, que acreditava ser mais do que era ou que exibia com arrogância o que possuía ou acreditava possuir. Quando o sobrinho Manuel teve um bom período no trabalho e conseguiu comprar um Peugeot 504, estacionava-o em frente ao restaurante para espaconear com seus parentes que tinha um carro novo. Em outra ocasião, Maria Emilia, a neta do primo Ernesto, arranjou um trabalho de dançarina em um famoso programa de TV. Seu avô começou a ir ao restaurante com uma revista dobrada debaixo do braço em que aparecia o apresentador do programa e, em algum momento da conversa, apoiava-a na mesa e comentava: "Veja, o chefe de Maria Emilia!". Depois, assim que ele ia embora, os outros o criticavam por andar espaconeando com o fato de que sua neta era uma catrosha que aparecia seminua na televisão.

A verdade é que, com ou sem patente, a popularidade dos sorrentinos crescia loucamente. De todos os cantos do país vinha gente para provar a famosa massa familiar e cumprimentar Chiche, que tinha se tornado uma espécie de celebridade de Mar del Plata. Ele andava pelas mesas para conversar com clientes antigos e novos, e todos ficavam fascinados com a qualidade da comida e com a cozinha à vista. A família considerava um triunfo que alguns clientes tivessem até passado a cortar os sorrentinos apenas com o garfo, como deveria ser, e que só usassem a faca para passar a manteiga nos pães e nas bolachas de Rivetta.

Nunca faltava alguém que fizesse um comentário bem-intencionado pedindo um cardápio mais longo, pratos com peixe, mais opções de vinhos, uma atmosfera mais romântica ou preços um pouco mais baixos. Nenhuma dessas sugestões era adotada por Chiche, nem as de seus sobrinhos, que continuavam insistindo para que ele abrisse mais restaurantes, filiais, uma franquia em Buenos Aires. Ele, no entanto, colocou na entrada do restaurante uma placa que dizia: "Trattoria Napolitana. Primeira sorrentineria do país. Atendida por seus donos. Não tem filiais".

Enquanto isso, a invenção familiar ganhava cada vez mais espaço em outros restaurantes e casas de massas onde se vendiam aberrações de todos os tipos: sorrentinos de abóbora, brócolis, cogumelos, frutos do mar, nozes ou queijo azul.

O outro irmão de Chiche, sério e comedido, sempre permanecia alheio aos acontecimentos da trattoria e não tinha nenhum interesse especial pelo destino da massa familiar. Chamavam-no de Totó e, dos cinco irmãos, era o único loiro. Totó era dono de um hotel com restaurante que ficava perto da estação de trem. Naquele restaurante, eram servidos alguns pratos que não estavam no cardápio da trattoria, como gnocchi à la romana ou mostaccioli *alla principe di Napoli*, uma receita de macarrão que levava frango, muçarela, ragu de carne e ervilhas. Havia um acordo tácito entre Chiche e Totó: o restaurante de Totó servia todas as receitas tradicionais, exceto os sorrentinos.

Totó havia se casado com uma mulher chamada Lucinda, natural da Ilha Maciel, de Buenos Aires, que ajudava o marido no restaurante, embora não entendesse nada de massas nem de receitas. Carmela e Electra lamentavam que seu único irmão de olhos azuis tivesse se casado com uma mulher tão chinasa. Muito de vez em quando, o casal ia comer na trattoria, e a mulher de Totó sempre pedia "macarrão". Quando lhe perguntavam se queria vermicelli ou tagliatelle, ela respondia: "Tanto faz! Na barriga, tudo se mistura e tem a mesma forma".

Carmela e Electra arregalavam os olhos e se entreolhavam em silêncio, profundamente escandalizadas por alguém com tão pouca sensibilidade para a comida estar administrando um empreendimento gastronômico.

Totó teve a infelicidade de morrer jovem por causa de um esforço, quando tentava mudar uma geladeira de lugar. Lucinda, viúva e sem a menor ideia de como dirigir o negócio, fechou-o e colocou o ponto para alugar. Apesar de não ter muitos vínculos com a família do marido, continuou comendo ocasionalmente na trattoria, e toda vez que ia e pedia um prato inexistente, como "frango com tempero", Electra juntava os dedos na altura do peito, num gesto de irritação, e dava às cozinheiras uma ordem bem específica, como "frango *alla cacciatora* com pouco alecrim", porque sabia que Lucinda não gostava de ervas.

Totó e Lucinda tiveram um filho, Honorio, que a família respeitava porque costumava ir à trattoria em festas e ocasiões especiais e, assim como o pai, não tinha o hábito de criticar nem de falar mal de ninguém. "Honorio é fino", diziam dele.

Esse Honorio se casou com uma mulher que trabalhava como cozinheira num lugar do centro da cidade. Seu nome era Matilde Montero, mas todos a chamavam de "a Gorda Montero". Como estava insatisfeita com seu trabalho e dizia que estava sendo explorada, Honorio foi conversar com Chiche para pedir que a contratasse na trattoria. A mulher tinha experiência gastronômica e, agora que fazia parte da família, poderia ser uma boa incorporação à equipe de cozinheiras. Chiche gostava desse sobrinho, que não tinha nenhum traço marcante que o tornasse chato como Ernesto ou irritante como Dorita, então disse que sim, que não havia problema, e combinaram que a Gorda Montero começaria a trabalhar no restaurante imediatamente.

Quando Chiche a contratou, desconhecia uma parte fundamental de seu passado: a Gorda Montero já tinha sido presa. Antes de conhecer Honorio, ela era casada com um policial que a maltratava e batia nela. Um dia, farta de tantos abusos, a Gorda pegou a arma de serviço da polícia de Buenos Aires, que ele guardava numa gaveta da cômoda, e deu-lhe três tiros no peito. Ele sobreviveu, mas, evidentemente, ela foi para a cadeia. Cumprida a pena, conseguiu um emprego de cozinheira e, pouco depois, se casou com Honorio. A família não tinha ideia de onde duas pessoas tão diferentes poderiam ter se conhecido.

A primeira coisa que a Gorda Montero fez quando começou a trabalhar na trattoria foi ocupar a bancada central da cozinha, que, até então, cabia à Facha Farina. Facha Farina se chateou e, mesmo sendo uma mulher de poucas palavras, para marcar seu território, lhe disse:

– Nesta cozinha, a hierarquia é respeitada.

Mas a Gorda aprumou-se na frente dela com as mãos na cintura e houve entre as duas um duelo de olhares. Depois de um minuto em que nem uma mosca voou, a Gorda Montero lhe disse:

– Nesta cozinha, quem manda é a família Vespolini. Você é casada com um Vespolini? Eu sou.

Facha Farina não respondeu. Entendeu que era impossível competir com alguém que carregasse o sobrenome da família, mesmo que fosse uma parente por afinidade recém-chegada. E foi assim que a Gorda Montero se apoderou da cozinha.

Aos poucos, começou a introduzir pequenas mudanças nas receitas de todos os pratos. A lasanha passou a ter duas camadas de carne, em vez de três, e o gnocchi, que antes era liso e quadrado, agora era listrado e esférico.

– Que papocchia é essa? – perguntou Chiche na primeira vez que viu o gnocchi listrado no prato de clientes.

De lá da cozinha, a cozinheira encarregada dos gnocchi respondeu:

– Diz a Gorda que agora temos que fazer os gnocchi com isso – e ergueu a pequena tábua de madeira com a qual deveria listrar os gnocchi.

Chiche ficou indignado, mas não se atrevia a confrontar a Gorda, porque era esposa de seu sobrinho.

Então algo muito mais grave aconteceu: de repente, os sorrentinos começaram a ser servidos murchos, com menos queijo no recheio, e, quando Chiche foi reclamar, as cozinheiras disseram:

– Diz a Gorda que o queijo está caro.

Chiche ardia de indignação:

– Maldito seja o dia em que contratei a Gorda!

Dizia isso apenas em seu círculo mais íntimo, porque, quando estava na frente dela no restaurante, não queria demonstrar que havia perdido poder e que o controle da cozinha estava nas mãos de uma cozinheira. Fazia de conta que as coisas entre eles estavam normais e que ele continuava sendo o chefe.

Entre as tarefas da cozinha, uma das mais tediosas era trocar o óleo da fritadeira. Implicava ficar depois do expediente até que o óleo esfriasse para poder jogá-lo fora com cuidado em um balde especial e reabastecer o enorme recipiente com óleo novo, para que estivesse pronto para usar no turno seguinte. Era uma tarefa que tinha que ser feita com muita frequência, porque senão as batatas fritas, as milanesas e os *saltimbocca* ficavam com um gosto rançoso, e o ambiente na cozinha ficava denso e pegajoso. Chiche, como que de passagem, dizia a Montero:

— Gorda, hoje você troca o óleo.

Ela pegava uma faca grande de cortar carne, cravava na bancada de madeira que os separava e dizia:

— Não se troca o óleo.

Chiche encolhia os ombros, fingia que o assunto não tinha importância, olhava para o outro lado e dizia:

— Bem, vamos ver, ralem essa barra de queijo.

Durante o reinado da Gorda Montero, chegou a acontecer que a família, sentada à mesa, pedisse, por exemplo, escalopes ao Marsala com batatas fritas, e a Gorda respondesse lá da cozinha com sua voz potente:

— Hoje vocês vão comer frango com purê, a carne é para os clientes. — E isso era o que ela mandava para a mesa.

A família se sentia prisioneira no próprio restaurante. Não dava para discutir nada com a Gorda; sua presença na cozinha era todo-poderosa.

Estranhamente, ela demonstrava predileção por uma sobrinha-neta de Chiche que tinha dois filhos pequenos. Como o marido da sobrinha ganhava pouco, iam comer no restaurante ao meio-dia e à noite. Quando chegavam, a Gorda Montero largava o que estivesse fazendo, ainda que houvesse clientes esperando seus pratos, e preparava para essa família qualquer coisa que tivessem vontade de comer, mesmo que os meninos quisessem algo que não estava no cardápio. As outras cozinheiras se queixavam, é claro, porque isso atrasava todos os pedidos, e Chiche gritava:

— Gorda, rápido, rápido!

Mas a Gorda cravava de novo a faca na bancada de madeira e o silêncio reinava. Os pedidos saíam quando ela determinava.

A Gorda Montero começou a usar seu sobrenome de casada e a assinar como Matilde Vespolini. Em todos os lugares aonde ia e dava seu novo nome, lhe perguntavam:
— Ah! Você é parente de Chiche Vespolini?
E ela respondia:
— Claro que sim. É meu tio.
Coincidentemente, uma das filhas do primo Ernesto também se chamava Matilde Vespolini. Para diferenciá-las, a família passou a chamá-las de "a Gorda" e "nossa Matilde".
As duas frequentavam as mesmas lojas no centro, e, um dia, a filha de Ernesto começou a receber reclamações pela falta de pagamento de certas compras, vultosas contas de eletrodomésticos, sapatos e edredons de pluma. "Nossa Matilde" não tinha comprado nada disso, mas as contas chegavam em seu nome, e nem ela nem o marido entendiam o que estava acontecendo. Demoraram um pouco para perceber que as contas não pagas eram dívidas da Gorda Montero. Quando "nossa Matilde" soube que a cozinheira estava usando o sobrenome da família, fez um pequeno escândalo e ligou para Chiche para reclamar.
— O que você quer que eu faça? — respondeu Chiche. — Ela se casou com um Vespolini. Você vai ter que engolir essa.
"Nossa Matilde" era orgulhosa e, embora odiasse que a outra usasse o mesmo nome que ela, não se atrevia a confrontá-la porque tinha vergonha de que a Gorda ou outros parentes pensassem que ela não tinha dinheiro para pagar as dívidas. No fim das contas, as lojas cancelaram o crédito das duas.

Quando a Gorda Montero anunciou no restaurante que daria uma festa para comemorar seu aniversário, e que toda a família estava convidada, as mulheres se entreolharam de soslaio: não gostavam da ideia de visitar a Gorda como se visitavam entre elas, de igual para igual. A Gorda era e não era parte da família. Era, porque havia se casado com um Vespolini e tinha o sobrenome dele, e trabalhava na trattoria, o centro de tudo o que era importante. Além disso, sabia a receita secreta dos sorrentinos e dizia "catrosha" e "catrosho" para se referir a pessoas que conhecia. Mas, ao mesmo tempo, não era, porque, apesar de saber fazer os sorrentinos, não sentia um grande apreço por eles e, embora estivesse no comando da cozinha, ninguém conseguira impedir que, na hora de comer, ela cortasse a massa com a faca, uma marca inegável de estrangeirice.

Depois de convidá-los, a Gorda sentou-se à mesa da família, ao lado de Carmela e em frente a Electra e Chiche, e, olhando nos olhos de cada um, perguntou:

– Vocês vão, né?

Nenhum dos três pôde recusar o convite. Não tinham uma boa desculpa e, além disso, uma das coisas que mais odiavam no mundo era parecerem arrogantes.

– Mas que gentileza – disseram as irmãs. – Claro que vamos.

A Gorda voltou para a cozinha para continuar trabalhando, e os três permaneceram em silêncio um bom tempo, pensando em como fariam para que ninguém soubesse que iriam ao aniversário de sua parente afim, a cozinheira.

A festa foi realizada na casa da Gorda Montero e de Honorio, num pátio amplo onde haviam arrumado uma longa mesa coberta com uma toalha verde emborrachada. Sobre a mesa havia duas das coisas que mais horrorizavam Electra: garrafões tipo *damajuana* e sifões de água gaseificada. Os sifões, dizia ela, foram feitos para serem reabastecidos e, por isso, a água do fundo podia estar lá há muitos anos. Os garrafões tipo *damajuana* a entristeciam porque lhe pareciam objetos nobres – receberam o nome *damajuana* em homenagem à rainha Joana I de Nápoles, contava –, mas o vinho de seu interior os profanava por sua má qualidade.

A Gorda e Honorio saíram para receber seus parentes, contentes por terem aceitado o convite, e os levaram ao pátio. Lá, um homem – amigo ou familiar da Gorda – tocava milongas no violão e algumas pessoas dançavam. Foi servido churrasco em boa quantidade, além de muitas saladas, que nem Carmela nem Electra experimentaram porque não costumavam comer verduras cruas fora de casa. A Gorda dançou com o marido e com vários outros convidados e tomou vinho em abundância. De vez em quando, passava pela mesa dos Vespolini e levantava o copo:

– Pela família! – dizia, e Chiche se sentia obrigado a levantar seu copo de vinho e brindar com ela; mas, quando a Gorda se afastava, franzia o nariz e trocava olhares de desagrado com as irmãs.

A noite passou e, quando estavam prestes a ir embora, depois da sobremesa, a Gorda, emocionada e acalorada pelo vinho e pela dança, deu em cada um dos três irmãos um abraço que durou vários segundos.

Quando saíram, Chiche exclamou:
– Que mishadura! Não serviram café.

Tão misteriosamente quanto havia entrado na família, a Gorda começou a apaziguar seu comportamento despótico na cozinha. Pouco a pouco, permitiu que Chiche recuperasse seu papel de chefe e parou de questionar cada uma de suas ordens com relação ao cardápio, à limpeza ou ao calendário.

– Peraí, aqui obedecemos a Don Chiche! – ela começou a lembrar às outras cozinheiras, quando lhes ordenava que preparassem uma massa ou limpassem a grelha onde a carne era assada.

– Finalmente! – muitas disseram dissimuladamente, cansadas daquele teatro exaustivo de fazer de conta que tinham dois patrões.

A Gorda até fez as pazes com Facha Farina e permitiu que ela voltasse a ocupar seu lugar de privilégio na bancada da cozinha, enquanto se recolheu a um setor lateral. Continuou supervisionando o trabalho como se fosse da família, mas não pretendia mais que as pessoas comessem o que lhe dava na telha e, quando desconfiava que algum fornecedor queria se aproveitar de Chiche, encarava-o empunhando sua faca de cortar carne:

– O senhor não pretende enrolar a família Vespolini, né? – E inflava o peito na direção do interlocutor, que acabava dando um desconto, mesmo que ninguém tivesse pedido.

Um dia, a Gorda descobriu que estava com câncer. Começou a faltar ao trabalho com frequência e, quando aparecia, estava cansada e com olheiras. Não tinha mais forças para impor sua vontade, mas sua presença tornava o clima na cozinha cada vez mais sombrio. O que antes havia sido ardor e veemência agora era escuridão e abatimento. Às vezes, no meio de um turno, a Gorda se ausentava de seu posto, e, quando Chiche perguntava por ela, diziam que estava no mezanino, descansando. Ele subia para procurá-la para fazer algum pedido e a encontrava sentada, com o olhar perdido e os pés apoiados num saco de pão.

A família odiava falar de doença, e não lhe fizeram muitas perguntas; secretamente, acreditavam que discutir as moléstias era um presságio que as atraía. Para o horror de todos, pouco depois Electra soube que também tinha câncer. Chiche, que internamente já havia feito as pazes com a esposa do sobrinho, voltou a repetir baixinho na mesa:

– Maldito seja o dia em que contratei a Gorda!

A doença avançou nos dois corpos na mesma velocidade. Elas foram internadas no mesmo hospital, e os familiares que iam visitar Electra também paravam por um momento para cumprimentar a Gorda, porque chamava a atenção vê-la tão consumida e indefesa e porque o quarto dela tinha uma televisão em cores e podiam ficar alguns minutos assistindo à TV sem necessidade de falar muito.

A Gorda Montero e Electra morreram com poucos dias de diferença, e a trattoria fechou por luto durante uma semana inteira.

Com a morte de Electra, muitas das receitas tradicionais que ela guardava na memória se perderam, como a *pasta e fagioli*, a *pastiera* e o *babá*, e a preparação dos molhos para os sorrentinos ficou sem supervisão. Chiche ficou muito triste e um pouco desconcertado, porque, embora fosse uma mulher silenciosa, Electra ocupava um lugar central na trattoria, que agora ficaria vazio.

Certa manhã, quando os funcionários terminavam de comer, pouco antes que as portas se abrissem para o público, ouviu-se um grito na parte de cima do restaurante, e todos viram Facha Farina descer correndo as escadas sem ter terminado de se vestir.

– A Gorda! A Gorda! – gritava.

Seu rosto estava pálido e as mãos tremiam.

– O fantasma da Gorda! Eu vi! Vi enquanto me trocava... Ela quer ficar!

O rosto de Chiche ficou transtornado. Qualquer fato relacionado à morte lhe causava um terror indescritível, e muito mais se, no assunto, interviessem fatores sobrenaturais.

– Catrosha, não diga papocchias! – gritou para Facha Farina, que continuava tremendo e segurava o avental com as duas mãos, cobrindo o peito.

– A Gorda, a Gorda! – gritava Farina.

As companheiras da mulher a cercaram e lhe deram um copo d'água e uma cadeira, enquanto ela tentava se acalmar e dizia:

– Nunca mais me troco lá em cima! A Gorda quer ficar...

O restante do dia correu com relativa normalidade, mas, quando o turno acabou, nenhuma das funcionárias queria se trocar no mezanino, então improvisaram um vestiário em outra despensa que ficava ao lado da cozinha. No final do dia, Chiche pediu a Pepé e a sua irmã Carmela que ficassem com ele e telefonou para o padre Adelfi, seu amigo.

– Precisamos de um exorcismo na trattoria – disse. – Urgente.

– O que foi? Tem alguma presença? – perguntou o padre do outro lado do telefone. – Repare que eu não estou autorizado...

– Não importa! – disse Chiche. – Uma catrosha da cozinha disse que viu o fantasma da Gorda Montero. Precisamos de um exorcismo.

Houve um silêncio na linha, e Adelfi disse:

– Se isso o tranquilizar, posso benzer o restaurante...

– Certo, certo, qualquer coisa, mas logo. Enquanto você não vier, não vou conseguir dormir.

Para Pepé, que era cientista e não acreditava em espíritos de nenhuma classe, e que tinha se divertido muito com a cena de Facha Farina seminua descendo as escadas a passos largos, a ideia era absurda e extravagante. Mas, quando Carmela perguntou se compareceria ao exorcismo, ele respondeu:

– Não perderia por nada deste mundo.

Adelfi chegou no dia seguinte com sua pasta de couro, vestindo a batina, e pediu para ficar um tempo sozinho no mezanino para se preparar. Àquela altura, a notícia já tinha se espalhado e ninguém queria perder o acontecimento. De pé, em frente à cozinha, estavam Chiche, Pepé, Carmela com a filha, Virginia e o marido, a prima Dorita e o marido, o primo Ernesto e a mulher, suas filhas e vários outros sobrinhos.

De repente, um deles, alarmado, disse:

– Esquecemos de avisar Honorio! Vamos chamá-lo?

– Não dá tempo, não dá tempo – disse Chiche, que tentava ocultar um tremor nas mãos.

As funcionárias também tinham chegado cedo para ver a cena. Nenhuma se atrevia a ir até o mezanino, onde Facha Farina tinha visto o fantasma da Gorda Montero, e tinham se trocado rapidamente, amontoadas nos banheiros dos clientes.

O padre Adelfi saiu da despensa com um cálice na mão e um pequeno crucifixo pendurado no pescoço. Todos pararam de falar e adotaram uma atitude solene, de expectativa. Pepé manteve o cotovelo apoiado no braço e cobria a boca com os dedos para que ninguém notasse que estava segurando o riso.

Adelfi desapareceu pelas escadas que levavam ao mezanino, e ouviram que repetia umas frases em latim. Depois de um tempo, desceu e começou a caminhar devagar pelo restaurante, enquanto continuava fazendo suas orações. Depois de alguns passos, molhava os dedos no cálice e jogava gotas de água benta pelo ar, nas mesas e nas paredes cheias de fotos e quadros. Os funcionários e a família não tiravam os olhos dele.

– Aqui também – indicava Chiche, apontando para algum canto que parecia não ter sido borrifado.

Quando Adelfi terminou de percorrer todo o restaurante, dirigiu-se à cozinha e disse algumas palavras sobre a bancada em que a Gorda Montero costumava trabalhar. Fez o sinal da cruz e ficou alguns segundos rezando. Quando terminou, se aproximou de Chiche e disse:

– Pronto. Tudo benzido. A Trattoria Napolitana é terreno do Senhor.

Muitos se persignaram, e, como já estava quase na hora de abrir as portas ao público, Chiche instruiu a equipe a assumir seus postos e começar a trabalhar.

– Pronto, pronto, não se fala mais nisso – disse assim que se sentou à mesa.

– Adelfi merece uns sorrentinos – disse Pepé, com um meio-sorriso.

Então Chiche chamou o garçom Mario e disse:
– Carpi, sorrentinos para o exorcista!

Carmela, a outra irmã de Chiche, tinha o hábito de se preocupar com tudo e de esfregar as mãos com álcool antes e depois de tocar qualquer coisa pouco familiar. Carregava uma garrafinha na bolsa, muito antes de o álcool em gel ser inventado. Dizia "o álcool é santo" e, depois de usá-lo, sempre dava um beijinho na garrafa. Sua outra debilidade, além do álcool, era o antisséptico Espadol, e, quando tomava um banho de imersão, jogava um jato fragrante do líquido ambarino, que ficava branco ao entrar em contato com a água, para sentir que emergia da banheira completamente fresca e desinfetada.

Carmela havia se casado com Elvio, um piemontês que era dono de um hotel importante. Elvio tinha chegado da Itália muito jovem, depois de ter sido perseguido, segundo diziam, pelos fascistas. Para salvá-lo, suas tias o enviaram para Mar del Plata, cidade em que viviam muitos italianos. Elvio conseguiu trabalho em hotéis e, depois de alguns anos como funcionário, abriu seu próprio estabelecimento: o Hotel Güemes, na esquina da rua Güemes com a Alberti.

Carmela era argentina de Mar del Plata, como seus irmãos, mas falava com a família em napolitano e tinha pele trigueira e temperamento meridional, e isso fez Elvio se apaixonar por ela. Como tinha morado na casa amarela de seus pais, em Sorrento, quando era pequena, ela amava os limões, os penhascos e tudo que a lembrasse de sua infância. Sentia uma grande conexão com a África e seus habitantes, embora nunca tivesse estado lá nem soubesse citar mais de três países africanos. Lembrava-se vividamente de um episódio de sua infância em que uma família de africanos passou por Sorrento, e a cidade em peso saiu para vê-los. Alguns chegaram até a se aproximar para tocá-los porque diziam que dava sorte.

– Como eu gostaria, algum dia, de fazer amizade com um negro! – dizia Carmela, lembrando-se daquela família. – Como o cabelo crespo é lindo! Que pele boa as mulheres têm!

No inverno, sofria com o frio e declarava o quanto teria gostado de viver na África. "Na África, eu não precisaria de echarpe", dizia. Às vezes, quando o assunto surgia, ela perguntava ao marido se era realmente tão ruim que Mussolini tivesse se metido na Abissínia, uma vez que, no fim das contas, ele tinha feito isso para libertar todos aqueles africanos que estavam sofrendo. Elvio corava de raiva, porque odiava os fascistas e os considerava bestas ignorantes.

– Mas a música é tão alegre! – ela dizia e cantarolava a estrofe principal do hino dos camisas-negras, *"Faccetta nera, bell'Abissina!"*.

A canção contava a história de um soldado italiano que se apaixonava por uma mulher africana e lhe dizia que, em breve, chegariam para libertá-la, a ela e a seu povo, do jugo de um rei tirano. Elvio odiava que essa música fosse mencionada em sua casa, e tanto Carmela quanto seus filhos estavam terminantemente proibidos de cantá-la em sua presença.

Carmela tinha tanto fascínio pelos africanos que, certa ocasião, enquanto a família comia na trattoria de Chiche, ficou paralisada quando viu que entrava pelo corredor um homem alto e negro, que depois se sentou sozinho numa das mesas perto da parede. Ela o observou durante toda a refeição e, por fim, pediu à garçonete que o atendia que lhe perguntasse de onde ele era. Ele disse:

– *America*.

Quando soube que ele não vinha da África, Carmela perdeu imediatamente o interesse.

Outra coisa que Carmela adorava era uma fábula italiana em que um pássaro mágico dizia a uma mulher que escolhesse se queria a fortuna na juventude ou na velhice. A mulher escolhia a segunda opção e então, antes que envelhecesse, muitas coisas terríveis aconteciam com ela: era separada da família, era vendida como escrava para piratas e tinha que trabalhar como criada no palácio de um rei. Quando tudo parecia perdido, a mulher reencontrava o marido e os filhos, que tinham enriquecido, e vivia na abundância até o fim de seus dias. Carmela considerava que aquela mulher era estúpida, porque opinava que a riqueza, se não vier na juventude, é melhor que nem venha, e toda vez que via um pássaro empoleirado numa janela de sua casa, ela juntava as mãos e dizia:

– Pássaro, me dê a fortuna agora! Na velhice, não! Agora!

Elvio era sério e trabalhador. Sentia vergonha se seus filhos dissessem palavrões e rissem alto ou fizessem qualquer coisa que beirasse o ridículo. Odiava, também, os filmes de Alberto Sordi e Os Três Patetas: a torpeza e a falta de decoro deles o deixavam nervoso. Se a família fosse ao cinema e, na sessão dupla, passasse um filme de Alberto Sordi, ele fazia um esforço para vê-lo, mas acabava se levantando na metade, em meio às risadas, escondendo o rosto porque ficava com vergonha do que via na tela. Esperava a mulher e os filhos fumando no carro e olhando para o nada, sério como um alemão. Odiava especialmente um filme de Alberto Sordi em que ele interpreta um soldado que acaba prisioneiro dos ingleses durante a campanha na África. Dizia que o filme fazia os italianos parecerem covardes com aquela ideia de que "soldado que escapa serve para outra guerra".

Elvio era tão sério que a família só se lembrava de ter visto ele rindo uma única vez, durante um aniversário. Ninguém se lembrava do motivo da risada, porque vê-lo com aquele gesto tão estranho causou uma espécie de choque. Seus filhos e netos apontaram para ele e gritaram:

– Ele riu! O vovô riu!

Então Elvio, que odiava ser o centro das atenções, corou e voltou a ficar sério imediatamente. Seus netos guardaram essa lembrança por muito tempo, como se guarda um tesouro. Às vezes, não com muita frequência, para que não estragasse, eles a traziam à luz e diziam:

– Você se lembra da vez que o vovô Elvio riu?

A maior vergonha de Elvio aconteceu quando ele foi de férias com a família à Itália para visitar suas tias, alguns anos depois do fim da Segunda Guerra. Tinham começado a viagem pelo Sul, em Nápoles, porque Carmela queria passar por Sorrento e ver de novo o penhasco, o mar e a casa amarela. O hotel em que estavam hospedados era elegante e luxuoso – tão luxuoso quanto poderia ser um hotel durante o período pós-guerra italiano – e atendia às expectativas de limpeza de Carmela e às de decoro de Elvio. Um dia, porém, voltando para o hotel depois de um passeio pelas ruínas de Ercolano, Elvio olhou para cima e percebeu que algo estranho estava acontecendo. Demorou alguns segundos para entender: de longos varais esticados em frente à fachada do hotel e acima da cabeça dos transeuntes, pendiam roupas suas e de toda sua família.

– Penduraram as roupas do lado de fora! – disse à esposa, completamente vermelho de vergonha.

– E daí? – ela respondeu. – Quem vai saber que é nossa?

Mas Elvio sabia, e a imagem de suas cuecas suspensas sobre a rua, à vista de todos, o mortificou até que saíram da cidade, como se ele mesmo estivesse pendurado, de cueca, naquele varal.

No último dia em Nápoles, alugaram um carro para ir a Biella, sua cidade natal, ao norte de Turim, e percorrer grande parte da península no caminho. Em um cruzamento do trajeto entre Florença e Turim, já em território setentrional, Elvio hesitou diante de uma placa de trânsito e fez uma manobra que não era permitida. Um motorista furioso que passava ao lado botou a cabeça para fora da janela e, como o carro de Elvio tinha placa de Nápoles, gritou:

– Inúteis, voltem para o Sul!

Elvio ficou muito desconcertado por ter sido confundido com um napolitano que não sabia respeitar as leis de trânsito e passou o restante da viagem de mau humor.

Seus filhos, Virginia e Manuel, estavam fascinados com um picolé que só havia nas sorveterias de Turim: um creme banhado em chocolate sólido e montado num palito de madeira; mas Elvio, que estava irritadiço, não deixou que experimentassem. Além disso, tinha ouvido falar que o mais famoso amante daqueles picolés havia sido Mussolini e, pelo menos no Norte, sua figura ainda estava associada àqueles bombons gelados.

Quando finalmente chegaram à casa das tias, a visita foi fria e cerimoniosa, e a comida servida, conforme contou

Carmela numa carta que foi lida na trattoria, era "uma papocchia pouco abundante, com manteiga demais, como esses sciaquados do Norte costumam fazer".

Elvio pagava o salário de seus funcionários pontualmente no primeiro dia do mês e não gostava da ideia de se aproveitar de alguém. Certa vez, um conhecido lhe propôs comprar num leilão municipal um enorme terreno a um preço muito bom, onde ele poderia construir outro hotel ou modernos edifícios de apartamentos para alojar as hordas de turistas que começavam a chegar a Mar del Plata. A oferta era imbatível, mas, quando ficou sabendo que o terreno havia pertencido a uma viúva que tinha perdido tudo, Elvio disse:

– Não, eu não me aproveito de uma viúva.

Elvio também não gostava do presidente Perón, porque durante seu governo ele foi obrigado a destinar uma parte dos quartos de seu hotel para hospedar turistas do interior que iam passar as férias em Mar del Plata com a ajuda do Estado. "Você paga a passagem, o governo paga a hospedagem", diziam os anúncios nos jornais e no rádio. Por aqueles quartos que precisava reservar para o turismo social, Elvio recebia muito pouco dinheiro, e isso o enfurecia. Mas ele não se atrevia a dizer não, porque tinha ouvido a história de um colega hoteleiro italiano que, poucos dias depois de se recusar a ceder vagas em seu hotel, recebeu uma inspeção surpresa da Vigilância Sanitária. O colega contava que o inspetor chegou muito prepotente e afirmou que havia ratos na cozinha do hotel. Por causa daquele inspetor e dos supostos ratos, o hotel permaneceu fechado o verão inteiro.

Elvio protestava, mas temia o que poderia acontecer se recusasse. Carmela dizia:

— Não, senhor! Fecharam o hotel da família Montaldo porque lavavam a alface na banheira. Que venham ao Güemes: nem um cisco de poeira vão encontrar, muito menos um rato!

Elvio tinha vários amigos íntimos, piemonteses como ele. Um se chamava Baldi, e sua esposa era gaga. Quando Manuel, o filho de Elvio, os via chegando pela janela da sala de jantar, gritava:

— Lá vem a família Ba-ba-baldi!

Se Elvio escutasse, ameaçava-o com um sapato para que se calasse. Se Baldi se sentisse ofendido por algo que disseram sobre ele ou sua família naquela casa, isso lhe causaria uma angústia insuportável.

Numa época em que queria comprar uma casa, Baldi pegava Elvio todos os dias depois do almoço para que o acompanhasse a ver imóveis no bairro de Los Troncos. Elvio tinha o hábito de fazer a sesta depois de comer e, para isso, tirava a roupa, vestia o pijama e ia para a cama com as persianas fechadas. A hora da sesta de Elvio era sagrada, e as crianças eram proibidas de brincar ou gritar perto do quarto dele. Nesse período em que Baldi procurava uma casa, Elvio vivia irritado porque seu amigo o impedia de fazer a sesta, mas, ao mesmo tempo, não concebia a possibilidade de sugerir-lhe outro horário, por receio de que o amigo pensasse que, para ele, acompanhá-lo fosse um incômodo. Acordava de manhã, atormentado por aquela situação que alterava sua rotina, e a primeira coisa que dizia à esposa ao abrir os olhos era:

— Será que Baldi virá hoje na hora da sesta? — E acrescentava: — Como Baldi é um homem bom...

Um dia, depois do almoço, quem abriu a porta para Baldi foi Manuel, que na época tinha uns dez anos de idade.

– Seu pai está em casa? – perguntou.

– Está, sim – disse Manuel –, mas disse que está cansado de ir ver casas porque o senhor não o deixa fazer a sesta.

Elvio entrou no momento em que Manuel terminava essa frase.

– Baldi, por favor, não dê ouvidos, são coisas de criança – disse, pegando o chapéu para sair, mas Baldi respondeu:

– Don Elvio, não se preocupe, as crianças e os bêbados dizem a verdade.

E, como ele também era sério e piemontês, nunca mais voltou a incomodar na hora da sesta.

Outro amigo piemontês de Elvio se chamava Dotto. Morava em Buenos Aires e tinha uma esposa piemontesa como ele, e uma filha adolescente muito bonita. A família Dotto se instalava todos os verões no Hotel Güemes e passava a temporada toda lá, indo à praia, ao cassino e passear no centro. Todos os anos, a filha do casal Dotto encomendava especialmente um caixote grande de pêssegos. Comia um por dia, no café da manhã, o que era uma coisa estranha, porque, naquela época, quase ninguém comia frutas no café da manhã. Essa moça tinha uma pele excepcional, coberta de pelinhos tão finos e delicados como os da fruta, e Carmela, que atribuía sua beleza àquela dieta extravagante, tentava todo verão fazer com que a própria filha se alimentasse da mesma maneira, sem sucesso.

– Coma pêssegos! – dizia a Virginia. – Para que você fique linda como a filha do casal Dotto!

Mas Virginia preferia se enfurnar na despensa do hotel para roubar garrafas de malte e frascos de azeitona que depois consumia com Chiche, os dois sentados na beirada da calçada.

Chiche era tio de Virginia, mas eles tinham quase a mesma idade. Ela era a filha mais velha, e ele, o mais novo de sua casa, nasceu quando Carmela tinha uns dezoito anos. Naquela época, vários conhecidos falavam mal da família porque achavam que Chiche não era filho de sua mãe, mas de Carmela, que ainda era solteira, e diziam que tentavam fazer com que ele se passasse por irmão dela para evitar o escândalo. Virginia e Chiche cresceram juntos e desenvolveram o mesmo entusiasmo pelo cinema, pela comida e por qualquer evento excepcional que obrigasse as pessoas a ficarem trancadas em casa ouvindo radionovelas ou lendo romances policiais, como uma forte tempestade, uma inundação ou um golpe de Estado. Amavam a sensação de se sentirem cômodos e a salvo dentro de casa, bem abastecidos de comida, enquanto, do lado de fora, reinava o caos. Esse entusiasmo durou muitos anos, e sempre que acontecia algo extraordinário ou terrível no país, eles esfregavam as mãos e diziam "está chegando, está chegando" e iam às compras para que a catástrofe não os surpreendesse sem chocolate, queijo ou biscoitos.

Quando, em 1956, uma onda gigante atingiu a praia Bristol, Virginia e Chiche se abasteceram, porque acharam que estavam diante de um maremoto de magnitude épica que lhes permitiria permanecer trancados muitos dias e ler um monte de romances. Ficaram muito decepcionados quando se tornou evidente que o cataclismo tinha durado apenas alguns minutos e nunca mais voltaria a se repetir.

    Ir ao cinema era a atividade favorita deles no mundo. Toda vez que assistiam a um filme juntos, brincavam de um jogo que continuaram jogando a vida toda e que consistia em que cada um escolhesse, durante os primeiros minutos, um personagem com quem se identificar. A regra era que eles tinham que seguir o destino daquele personagem até o final, mesmo que se tornasse mau, morresse ou tivesse uma sorte medíocre. Em geral, evitavam se identificar com os protagonistas, porque seu destino era evidente demais, e preferiam os papéis secundários, que, nas melhores histórias, podiam realizar façanhas inesperadas. Jogando esse jogo, se tornaram especialistas em adivinhar as tramas dos filmes, especialmente dos de suspense, e, às vezes, antes que o filme chegasse ao meio, apontavam para um personagem e exclamavam "é o assassino!" ou "vai trair ela!" ou "não pode viver depois de ter feito o que fez!". Em geral, tinham razão, e, quando assistiam a filmes com outras pessoas, conquistavam alternadamente sua raiva ou admiração.

    Sabiam tudo sobre o mundo do cinema local e norte-americano e, como a Radio Atlántica costumava organizar concursos de conhecimentos gerais com prêmios para os ouvintes – principalmente, ingressos de cinema –, descobriram um truque que sempre usavam: no início do programa, discavam o número da rádio, mas deixavam o último número sem marcar. Quando chegava o momento em que o locutor formulava a pergunta, faziam girar o disco com o último dígito e eram os primeiros a ligar para dar a resposta correta. Os locutores da Radio Atlántica já sabiam o nome deles, porque eram os vencedores mais frequentes de todas as competições.

– Chiche Vespolini venceu novamente! – diziam.

Quando souberam que Mar del Plata teria seu primeiro festival internacional de cinema, Virginia e Chiche sentiram como se estivessem no sétimo céu. Foi anunciada a visita de astros convidados e filmes de muitíssimos países, inclusive a presença do presidente, que estaria na exibição do primeiro filme em três dimensões. O astro que mais os entusiasmava era Errol Flynn: adoravam seus personagens aventureiros, como Robin Hood ou o Capitão Blood.

No dia da abertura do festival, foram esperar o ator na saída do cine Ocean para pedir um autógrafo e viram quando chegaram Joan Fontaine e Jeanne Moreau, que caminhavam com elegância pelo tapete vermelho acenando com a mão. Chiche disse:

– Jeanne Moreau é muito bonita agora, mas quando for velha vai ser mais feia que um cu.

Virginia, assim como sua mãe e sua tia, tinha uma opinião negativa generalizada sobre as mulheres francesas, e disse:

– Claro. Isso acontece com as francesas de tanto falar com a língua para fora. Quando ficam velhas, as bochechas delas caem.

De pé, colados à cerca que separava os atores do público, viram Errol Flynn chegar, e as moças ao redor deles enlouqueceram. Houve uma pequena avalanche, e Virginia, que também gritava e estava com o braço esticado para a frente, recebeu um empurrão e, com a unha do dedo indicador, arranhou o rosto do ator, justo acima do famoso bigode. Ele olhou para ela com ódio e deu um passo para trás, resmungando um insulto em inglês. Uma das moças que gritavam disse a Virginia:

— Infeliz! Ele *odeia* que toquem o rosto dele!

O amor pelo cinema os unia, mas também podia separá-los. Vários anos depois, Virginia se casou, e, naquele momento, ela e Chiche estavam brigados. Tinham discutido na mesa da trattoria por causa de um filme, e o que tinha começado como uma conversa acabou virando um espetáculo entre os clientes. Aconteceu uma noite, enquanto jantavam. Chiche mencionou uma cena de *Sete homens e um destino* em que Steve McQueen aparecia, e Virginia exclamou, com muita certeza:

— Bah! Steve McQueen não atua em *Sete homens e um destino*.

Chiche afirmava que sim, ele atuava, e ela tinha certeza de que não, e não havia muitas formas de resolver o assunto, porque o filme não estava em cartaz. Cada um dos presentes tomou o partido de um deles, apresentando seus argumentos:

— Mas sim, Virginia, você não se lembra? — alguém disse. — O de chapéu.

— Esse é Yul Brynner — respondia ela, que ia mencionando, um por um, todos os atores do filme, mas não conseguia se lembrar de Steve McQueen e, se em algum momento se lembrou, foi orgulhosa demais para admitir. A briga durou meses.

Virginia se casou com um homem de Mendoza que nunca tinha visto o mar e que havia se mudado para Mar del Plata porque seu sonho era tripular um submarino. Quando a data do casamento chegou, Virginia e Chiche continuavam sem se falar por culpa de Steve McQueen e, embora tenham lhe enviado um convite para a festa, Chiche não compareceu. No entanto, não deixou de ver sua sobrinha entrar na igreja, porque se escondeu atrás de uma árvore na calçada do outro lado da rua, tremendo de emoção. Ela usava sobre a cabeça um tule que, a cada rajada de vento, se levantava como o véu de um fantasma, e o cabelo loiro estava esponjoso como merengue italiano.

Do mesmo modo irracional que tinham brigado, pouco depois se reconciliaram. Nunca mais falaram daquela briga em particular, nem daquele filme que os separou em um momento tão importante da vida e que, no fim das contas, não passava de mais uma papocchia americana. A versão original japonesa era bem melhor.

– *Our boys* não sabem ler legendas – dizia Chiche –, por isso têm que filmar todos os filmes bons de novo.

Quando era pequeno, Chiche tinha sido o favorito de suas irmãs, Carmela e Electra, que o mimavam e o levavam com elas para todos os lugares como um brinquedo. Depois, Virginia nasceu e, à medida que cresciam, Chiche começou a passar cada vez mais tempo com sua nova sobrinha e com outras meninas de sua idade. Aos oito anos, sempre preferia as brincadeiras com bonecas e a leitura do que as brincadeiras de menino. Seu pai, um homem com uma vida social muito ativa, tinha vergonha dele quando os amigos iam comer em sua casa e viam que Chiche ria, falava e movia as mãos como um catrosho. No restante do tempo, isso não o incomodava, mas, para evitar se tornar um assunto de conversa entre seus conhecidos, decidiu averiguar discretamente com alguns médicos de confiança o que poderia ser feito com alguém assim, tão… extravagante.

O doutor Kavafis, um renomado psiquiatra de Mar del Plata, recomendou um tratamento muito em voga e que, aparentemente, estava dando bons resultados em casos similares na América do Norte e na Europa. Tratava-se de uma eletroterapia de reorientação que iria ajudar Chiche a perder aquela afetação que, segundo os médicos, seria "um obstáculo na vida" e que, no futuro, se não fosse controlada, poderia até virar esquizofrenia.

No início, a mãe de Chiche se opôs porque desconfiava da eletricidade, mas Kavafis conseguiu convencê-la: contou-lhe que o inventor da terapia era um grande médico italiano, recentemente nomeado diretor do hospital psiquiátrico de Roma. Ele disse que esse médico, de sobrenome Cerletti, além de inventar a eletroconvulsoterapia, era um grande patriota: durante a Primeira Guerra Mundial, tinha projetado uma camuflagem branca para o exército italiano que ocultava os soldados dos inimigos austríacos na neve. Quando soube disso, o pai de Chiche se considerou de imediato um admirador de Cerletti: era um orgulho que um compatriota tivesse feito algo tão nobre quanto ajudar a vencer a guerra e que, além disso, tivesse dominado uma força tão incontrolável quanto a eletricidade e a usasse para curar as pessoas.

"Os médicos romanos – dizia à mulher, para convencê-la – já usavam enguias elétricas para curar a dor de cabeça." E acrescentava que os italianos foram pioneiros no domínio da eletricidade e que, além disso, outro italiano, chamado Antonio Meucci, havia sido o verdadeiro inventor do telefone, originalmente chamado de *teletrófono*. "Mas o oportunista do Graham Bell se adiantou com a patente e ficou com a glória e o dinheiro."

A cura elétrica de Cerletti prometia um menino menos chamativo, menos nervoso e menos inquieto, todas as qualidades que incomodavam a família.

Como o pai estava muito ocupado administrando seus negócios, e a mãe não queria saber de nada, era Elvio quem se encarregava de levar o pequeno Chiche para o tratamento. Não fazia muito tempo que tinha se casado com Carmela e, para conquistar a confiança de seus novos parentes por afinidade, queria dar uma mão no que fosse necessário.

Durante os sete meses de tratamento, Elvio passava todos os sábados às oito da manhã para buscar Chiche em sua casa, na rua 25 de Mayo, e juntos caminhavam os dez quarteirões que os separavam do hospital onde o doutor Kavafis ministrava o tratamento.

A casa da família tinha um grande jardim na frente e outro nos fundos, e, embora tivesse apenas um andar, por causa da disposição dos cômodos e dos corredores, dava a impressão, na entrada, de que o lugar se estendia indefinidamente em todas as direções. Às vezes, a mãe de Chiche convidava Elvio a entrar para que esperasse sentado e lesse o jornal enquanto o menino se arrumava, e lhe oferecia um café preto com amaretti. Não havia café da manhã, porque a terapia exigia que o paciente estivesse em jejum por, pelo menos, dez horas. Às vezes, Elvio ouvia o choro e os protestos que chegavam de algum cômodo distante, abafados pelas pesadas cortinas e pelos gobelinos que cobriam as paredes. Podia distinguir os soluços de Chiche, que não queria se vestir, e os lamentos de sua mãe, que, em napolitano, lhe dizia para se apressar, para não chorar, para não deixar esperando o cunhado que tão gentilmente se oferecia para acompanhá-lo. Ela, enquanto isso, também choramingava, e, à medida que suas vozes se tornavam mais claras, Elvio os via aparecer por uma porta, ela agitada, ele calado e sem cor. A mãe o entregava a Elvio, agradecendo-lhe mais uma vez, e depois se despedia deles na porta, apertando um lenço entre as mãos.

Caminhavam até o hospital em silêncio, Elvio fumando e Chiche olhando para o chão. Quando chegavam à clínica, Chiche, que durante aqueles dez quarteirões não tinha falado nem demonstrado nenhum apreço pelo marido da irmã, de repente parecia não querer se separar dele, e, quando as enfermeiras iam buscá-lo, aferrava-se à manga do paletó de Elvio e começava a chorar de novo. Elvio, que era pouco dado às expressões de carinho, dava-lhe uns tapinhas nas costas sem olhar para ele e lhe dizia em italiano: "Vamos, vamos".

As enfermeiras deitavam Chiche numa maca com cintos de segurança para braços e pernas e o levavam por um longo corredor até desaparecerem atrás de alguma porta.

O tratamento durava menos de quarenta minutos, e Elvio esperava fumando. Quando Chiche voltava, caminhando devagar, acompanhado por uma enfermeira, parecia cansado e lívido, embora ainda não fosse meio-dia. Ele tremia ligeiramente e tinha as têmporas avermelhadas, porque era nessa parte da cabeça que colocavam as placas de metal. Às vezes, quando saíam na rua, ele ficava parado e exclamava "os sapatos!" e olhava para os pés, porque achava que depois da terapia tinha se esquecido de calçá-los.

– Não se preocupe com os sapatos – dizia Elvio, dando-lhe um tapinha nas costas. – Não vê que está calçado? Imagine se vão deixar você sair na rua descalço!

Embora o tratamento não tenha conseguido evitar que, quando adulto, ele se tornasse catrosho, Chiche tinha deixado de falar e de rir como antes, e, durante um ano inteiro depois da terapia, comportou-se com extrema moderação. A promessa do médico havia sido cumprida: estava menos afetado, menos nervoso e menos inquieto do que antes, e seus pais se envergonhavam um pouco menos dele na frente dos amigos.

Com o passar dos anos, Chiche tornou-se um catrosho decoroso, exceto nos momentos em que se lembrava de algo hilário, como a vez em que a prima Dorita vendeu a peruca da amante do marido, ou quando, ao ver uma cena de um filme de terror, fechava os punhos e girava-os dos dois lados do nariz, gritando com voz aguda: "Vai matar ela! Vai matar ela!" Seus filmes de terror favoritos eram os de Dario Argento, e, para assisti-los nas fitas VHS que conseguia em suas viagens à Itália, escurecia completamente o quarto, se enfiava na cama e se cobria com pesados cobertores de lã, com um bom estoque de bombons de frutas, balas de menta com chocolate e outras coisas doces ao alcance da mão. Com os filmes de terror, voltava a sentir que as catástrofes não tinham nenhum poder sobre ele no aconchego de seu quarto.

No restante do tempo, ele se comportava como um digno dono de restaurante. Quando aparecia algum cliente escandaloso, muitas vezes alguma celebridade que ia comer no verão, durante a temporada teatral, Chiche dizia dissimuladamente, enquanto comia: "Bicha louca", mas cumprimentava-a de longe com um sorriso e um aceno de cabeça. Ser catrosho e ser uma bicha louca eram duas coisas completamente diferentes: ser uma bicha louca era uma provocação desnecessária, ao passo que ser catrosho se tornara, para a família, uma espécie de título honorífico.

Muitos anos depois de sua terapia de reorientação, quando estreou o filme *Beleza americana*, que causou um grande alvoroço e ninguém conhecia o ator principal, Chiche disse, conversando com os sobrinhos depois de uma refeição:

– É catrosho.

Todo mundo falou:

– Catrosho coisa nenhuma!

Mas depois acabou que era mesmo.

Uma vez, ao retornar de uma viagem, contou que tinha conhecido em Roma, numa praça, o filho do ator Ugo

Tognazzi, que, além de ser catrosho, lhe ofereceu drogas. Chiche fez cara de nojo: podia ser catrosho, mas viciado em drogas, jamais.

Tanto Pepé quanto os outros amigos de Chiche eram catroshos de um jeito discreto, porque ser catrosho também implicava não fazer alarde disso. De todos os amigos catroshos de Chiche, Pepé era o mais próximo. A família toda gostava dele, especialmente Carmela, que conversava com ele sobre as canções napolitanas e as desventuras de *Rosa de longe*.

Pepé e Chiche viajavam muito juntos para a Itália, e, nessas viagens, às vezes brigavam e se separavam, e um deles pegava o primeiro avião de volta para a Argentina enquanto o outro ficava lá, mortalmente ofendido. Mas, mais cedo ou mais tarde, reconciliavam-se, e Pepé voltava a ocupar seu lugar habitual na trattoria. Contava à mesa que, uma vez, tinham brigado aos gritos em frente à sorveteria da Piazza Navona porque Chiche queria ver o Papa fazer sua saudação dominical e Pepé, que era ateu, lhe disse que isso era "ridículo e cafona", e então gritaram um para o outro "Catrosho cafona!" e "Catrosho blasfemo!" na frente de todo mundo. Pepé morria de rir quando se lembrava dessa história, mas Chiche ficava chateado com o cinismo dele e dizia: "Você vai para o inferno". Pepé ria, porque não acreditava no inferno nem no paraíso, e muito menos na santidade do Papa.

Ele também zombava de outras superstições familiares. Quando algum objeto desaparecia no apartamento de Chiche, ou alguém tinha dificuldade para encontrar alguma coisa que tivesse deixado em um lugar muito específico, dizia-se que a culpa era do *munaciello*, um espírito doméstico napolitano que, aparentemente, havia seguido a família de Sorrento a Mar del Plata. A figura tradicional do *munaciello* era a de um monge de baixa estatura, vestido com o hábito da ordem dos dominicanos. O espírito podia ser benéfico ou maligno, dependendo de seu humor, e nunca se podia revelar sua presença, porque isso traria miséria. O *munaciello* era o responsável se alguém ficasse doente, perdesse dinheiro ou se aumentassem seus impostos.

Quando o restaurante ia ficando deserto depois de fechar, e as funcionárias terminavam de se vestir para ir para casa, Chiche tocava as paredes e cumprimentava em napolitano o *munaciello*, caso estivesse circulando por ali, para que ele ficasse contente. Quando encontrava uma moeda inesperada no bolso da calça, dizia: "*O munaciello!*". Às vezes, contava que tinha acordado com um barulho no meio da noite e dizia: "Estive prestes a vê-lo… era o *munaciello!*". Para a família, o fato de o *munaciello* ser alternadamente favorável e prejudicial era motivo de ansiedade; não deviam deixá-lo zangado, mas também não se sabia ao certo o que o deixaria de mau humor. O *munaciello* era um espírito menor, doméstico. Não era o demônio nem uma manifestação angelical, duas coisas que, no fundo, eram bem parecidas, porque presenciar qualquer uma delas teria sido uma coisa terrível. Pepé opinava que a figura do *munaciello* era uma invenção que só servia para assustar as funcionárias da trattoria e para que não roubassem suprimentos da despensa.

– Não é uma invenção – dizia Chiche –, é uma tradição napolitana.

– Como a ignorância – dizia Pepé.

Chiche se preocupava com a vida depois da morte e outras questões do espírito e costumava se perguntar como seriam o paraíso e o inferno. Quando o padre Adelfi, seu amigo, que também era catrosho, aparecia no restaurante, ele perguntava:

— Tem catroshos no céu?

— Claro que tem – respondia Adelfi. – Deus ama todos nós do mesmo jeito. Mas uma coisa é ser catrosho e outra é praticá-lo.

Quando Pepé comia na trattoria e coincidia com o padre Adelfi, os três tinham longas conversas sobre teologia e religião. Pepé era ateu, mas tinha sido criado como católico.

— Já descobri o que eu sou – disse uma vez, enquanto esperavam a comida chegar. – Sou gnóstico cátaro. Eu acredito, como eles, que o mundo e a Igreja Católica são criações de Satanás e que o ascetismo é o único caminho para a salvação.

O padre Adelfi riu.

— É verdade – disse Pepé –, nas heresias está a verdadeira mensagem de Cristo.

Chiche concordou, em parte para irritar Adelfi, e, de vez em quando, comendo com os sobrinhos, perguntava:

— Você se lembra de quando éramos gnósticos cátaros?

E fazia um sinal da cruz sobre a cabeça do sobrinho que estivesse na frente, dizendo-lhe: "Eu te abençoo".

É verdade que Pepé vivia uma vida austera e ascética. Trabalhava o dia todo em seu laboratório, dedicado às suas pesquisas científicas, não tinha ninguém para sustentar e tinha muito poucos gastos fixos. Só gastava quando fazia uma viagem com Chiche para a Europa, mas não comprava nada nessas viagens. Apesar de repudiar o consumo excessivo e o luxo, ele acompanhava quando o amigo ia fazer compras nos lugares mais extravagantes da Itália, como a famosa casa de porcelanas Richard Ginori. As lojas dessa marca tinham paredes escuras e estavam completamente banhadas por uma luz cálida que saía de focos ocultos atrás dos móveis e eram decoradas com banquetas macias e cortinas espessas. Nelas, peças finíssimas eram exibidas em grandes mesas de madeira. Nessa loja, Chiche comprava um conjunto inteiro de louças toda vez que viajava, e sempre escolhia algum pratinho novo, não dos mais caros, para as paredes da trattoria. Todos os sobrinhos e amigos de Chiche haviam recebido de presente, alguma vez na vida, uma porcelana Richard Ginori, que, na família, era considerada a fineza absoluta. Muitos deles, que nunca tinham viajado para a Itália, supunham que lá todas as famílias comiam em louças Richard Ginori, e as mulheres se divertiam imaginando os diferentes motivos e cores que esses jogos de pratos teriam nas mesas italianas. Aqueles que recebiam de presente um pacote com a embalagem de Richard Ginori podiam ter certeza de que ocupavam um lugar privilegiado na estima de Chiche e, mesmo que não ligassem para a porcelana nem para os objetos decorativos, colocavam a peça em um lugar central do lar. Para o padre Adelfi, uma vez Chiche trouxe de presente um açucareiro de borda dourada com uma imagem pastoral de dois jovens e uma ovelha em um prado. Adelfi ficou encantado e disse que era bonito demais para um açucareiro. Em vez de deixar em casa, ele levou-o para a sacristia e usava para guardar as hóstias não consagradas.

Como a trattoria estava indo tão bem e o salão se enchia todas as noites de clientes desesperados para experimentar os famosos sorrentinos, Carmela teve a ideia de replicar o sucesso familiar e abrir o próprio restaurante. Dissimuladamente, e quando Chiche não a escutava, dizia que, afinal de contas, Umberto era irmão dos dois e que os sorrentinos dela eram bem melhores do que os de Chiche.

Um dia, enquanto a família comia na trattoria, Carmela contou ao irmão, como que de passagem, que estava pensando em servir sorrentinos no cardápio do hotel que administrava com o marido. Chiche estava tomando sopa e não disse nem sim nem não, mas abaixou a comissura dos lábios e franziu o nariz em sinal de desgosto.

Algumas semanas depois, chegou à trattoria o rumor de que os sorrentinos do Hotel Güemes estavam fazendo muito sucesso entre os clientes, e Chiche teve um ataque de fúria que irrompeu com a desculpa de um molho azedo. Era meio-dia, o restaurante estava lotado, e uma garçonete se aproximou para lhe transmitir a queixa de um cliente sobre um dos pratos. O molho dos sorrentinos estava azedo, e o casal da mesa vinte e dois queria devolver a comida. Ele foi até a mesa, se desculpou com os clientes e entrou como um louco na cozinha. Enquanto gritava com Facha Farina, tirou dois pratos da prateleira de louças e atirou-os no chão, diante do olhar fascinado de todos os clientes, que costumavam se sentar nas mesas de forma que pudessem ver o que acontecia atrás das bancadas. Poucos escolhiam se sentar de frente para a porta, porque o verdadeiro espetáculo estava sempre do lado de dentro.

As notícias daquele ataque de fúria não chegaram aos ouvidos de Carmela. Entusiasmada como estava com seu novo projeto, ela começou a visitar cada vez menos a trattoria e a passar cada vez mais tempo testando receitas na cozinha do Hotel Güemes. O clima entre os dois irmãos ficou tenso, embora nenhum deles tenha dito nada, porque não queriam se indispor nem mostrar que havia fissuras na família. Mas, mesmo que não expressasse isso, Chiche considerava que tinha exclusividade sobre os sorrentinos; sentia que eles estavam ligados a seu nome e a seu restaurante, e que dizer sorrentinos era o mesmo que dizer Trattoria Napolitana.

À medida que os sorrentinos se tornavam populares entre os clientes do hotel, Carmela começou a insistir com o marido para que abrissem um restaurante. A princípio, Elvio recusou. Já havia passado da idade em que podia arriscar novos empreendimentos sem fadiga, e ele, que nunca se aproveitava de ninguém, sentia que abrir um novo restaurante que servisse sorrentinos seria uma traição.

– Não podemos fazer isso com seu irmão – dizia.

Mas ela era obstinada e retomava o assunto dia e noite:

– Então você não me ama, não ama os meninos – dizia e começava a chorar. – Só o hotel não basta... Os sorrentinos são da família!

Elvio não respondia e continuava fumando em silêncio.

Carmela insistiu meses a fio. Insistiu tanto que, por fim, apesar de muito incomodado por suas contradições,

Elvio comprou um ponto para satisfazê-la e abriu um restaurante chamado Don Casimiro. Quando Chiche ficou sabendo o nome, exclamou "Pfff!" e não ofereceu ajuda nem os contatos de seus fornecedores.

Virginia, que continuava indo comer na trattoria porque não queria se indispor com Chiche, contou uma noite, depois do jantar, alguns dos projetos que seus pais tinham para o Don Casimiro. Elvio achava que seria uma boa ideia incorporar ao cardápio algum prato típico de sua região piemontesa, mas Carmela recusava-se redondamente, dizendo que não sabia cozinhar papocchia com manteiga e anchovas.

Chiche, que até aquele momento não tinha feito nenhum comentário, disse de repente, com uma pitada de maldade, enquanto tomava a sopa:

— O inverno em Mar del Plata é muito duro para um restaurante.

Os planos de Carmela e Elvio para seu novo empreendimento eram muito ambiciosos. Elvio se opunha à decoração excessiva da trattoria original, porque dizia que distraía os clientes do que era verdadeiramente importante, que era apreciar a qualidade da comida. Por isso, as paredes do novo restaurante eram despojadas e não tinham quadros, adornos nem pratos comemorativos de nenhuma festa. O Don Casimiro pretendia ser um estabelecimento luxuoso, e os garçons usariam paletós pretos e camisas brancas. Para administrá-lo, Elvio colocou seu filho, Manuel, que já andava na casa dos trinta e queria tomar conta de um negócio próprio.

Carmela se certificou de entrar em contato com Rivetta para que os cestos transbordassem de pães e bolachas de todos os tamanhos, porque não queria ficar atrás da trattoria em nenhum aspecto.

A novidade mais provocativa do Don Casimiro era que, a pedido dela e pelo mesmo preço, a porção de sorrentinos não incluiria seis, mas oito unidades: duas a mais que no restaurante de seu irmão.

Até aquele momento, ninguém tinha pretendido alimentar uma rivalidade, e a família não se via forçada a tomar o partido de nenhum dos dois. Mas, quando souberam dos oito sorrentinos e da nova estratégia comercial de Carmela, todos ficaram inquietos: não cabia dúvida de que era assim que se começava uma guerra.

Por fim, chegou o dia da abertura do Don Casimiro. Carmela e Elvio organizaram uma grande festa que contou com a presença de algumas das personalidades de maior destaque da cidade. Juntando todas as mesas do restaurante, montaram um bufê onde os garçons de paletó preto depositavam enormes bandejas de antepastos, frios e pães de todos os tipos.

Naquela manhã, antes da inauguração oficial, Virginia ficou encarregada de ir falar com Chiche especialmente para convidá-lo. Quando chegou à trattoria, o movimento era o habitual e a cozinha funcionava como em qualquer outro dia, mas Chiche não estava em lugar nenhum. Virginia se aproximou de Adela, que secava umas taças, e perguntou por ele.

– O tio está se sentindo mal, não desceu para trabalhar – respondeu a mulher.

– Então vou subir para ver como ele está.

– Não, o tio disse que não quer ser incomodado. Comeu alguma coisa que caiu mal.

Virginia foi embora levemente ofendida, porque adivinhava o verdadeiro motivo da reclusão de Chiche.

Naquele dia, abriram-se formalmente as portas do Don Casimiro pela primeira vez, e taças de champanhe e amêndoas confeitadas brancas foram distribuídas para dar sorte. Carmela e Elvio brindaram e cumprimentaram familiares e amigos. Todo mundo estava tão encantado com o novo lugar que ninguém notou que, na calçada defronte, atrás de uma árvore, despontava alguém para observá-los. Era Chiche, que, assim como havia feito no casamento de Virginia, presenciou a inauguração escondido do outro lado da rua, inquieto diante da presença de tanta gente e ofendido toda vez que reconhecia, entre a multidão festiva, um cliente habitual de seu restaurante.

– Pfff, que espaconeada! – disse, antes de se esgueirar entre as pessoas para voltar à trattoria.

As primeiras semanas do Don Casimiro foram um enorme sucesso: os clientes se amontoavam na entrada para pedir uma mesa e alguns chegavam a fazer fila do lado de fora para conseguir um lugar. Quando se sentavam e pediam os sorrentinos, muitos deles, que também eram clientes de Chiche e queriam agradar aos dois irmãos, ao experimentá-los, diziam, com a voz bem alta:

– Iguaizinhos aos de Chiche Vespolini! Dá pra ver que é de família.

Carmela não gostava de ouvir isso porque considerava que seus sorrentinos eram melhores que os do irmão, e então acrescentava:

– Mas aqui servimos oito.

Poucos meses depois da inauguração, chegou o verão, época em que os restaurantes de Mar del Plata transbordam. O Don Casimiro, naturalmente, também ficou lotado de gente, e, naquelas noites, Manuel, que ficava sobrecarregado, ligava para a irmã, que estava em casa prestes a dormir, e gritava ao telefone:

– Lotou! Lotou!

Virginia se vestia, vestia seus filhos meio adormecidos e saía com eles para pegar um táxi para ajudar Manuel a organizar os clientes que estavam na fila ou a controlar os pedidos.

Depois, quando visitava Chiche na trattoria original, Virginia se queixava do irmão e de como ele administrava mal os recursos e os funcionários. Chiche não dizia nada, mas franzia o nariz e abaixava a comissura dos lábios, porque não sentia muita simpatia por Manuel. Ele queria saber tudo sobre o funcionamento do restaurante, mas não perguntava por receio de parecer invejoso ou excessivamente interessado.

A verdade é que o Don Casimiro estava numa zona difícil da cidade, numa avenida muito transitada pelos carros que iam pegar a estrada e longe do centro urbano, onde as pessoas se deslocavam a pé.

Com o passar das semanas, a clientela começou a minguar. Quando alguma família entrava no restaurante semivazio, dava para notar que ficavam nervosos com a ideia de comer sozinhos no meio daquele salão tão grande, sob o olhar atento dos funcionários e dos donos, e pediam a conta imediatamente, assim que terminavam de comer. Não permaneciam à mesa depois das refeições nem ficavam batendo papo como os clientes da trattoria, reconfortados pelo murmúrio e pelo acúmulo de pessoas e objetos onde podiam pousar a vista. Às vezes, o restaurante abria cedo para o turno do meio-dia e permanecia vazio durante horas, com os garçons e as cozinheiras de pé, em fila, olhando para a porta. As pessoas que passavam e olhavam para dentro se sentiam intimidadas por todos aqueles funcionários ociosos que esperavam e passavam reto. Nessas ocasiões, Carmela repreendia os funcionários e dizia:

– Não olhem para fora! Não espantem os clientes!

Carmela elaborou uma estratégia comercial que consistia em colocar seu filho mais novo, de doze anos, e sua neta mais velha, de oito, para comer em alguma das mesas da frente, para que as pessoas na rua pensassem que havia movimento e fossem incentivadas a entrar. As duas crianças comiam com entusiasmo todos os pratos que lhes levavam para a mesa: antepasto com queijos, matambre e azeitonas, *mozzarella in carrozza*, porções de sorrentinos e sobremesas de sorvete tricolor com a jarrinha de metal com chocolate quente ao lado.

Virginia, que continuava indo comer na trattoria original de vez em quando, contava esses planos comerciais para Chiche, mas ele ria com deboche: achava-os ridículos.

– Duas crianças comendo sozinhas na frente da porta… Pfff!

Então Virginia e ele discutiam, porque ela queria que o restaurante de seus pais tivesse sucesso e repreendia Chiche porque, se ele tivesse decidido abrir filiais da trattoria, talvez nada daquilo estivesse acontecendo.

– Se você não fosse tão cabeça-dura – dizia –, estaríamos todos cheios da grana. Uma filial em Buenos Aires! Tinha que ter feito isso!

À sua careta habitual, ele acrescentava o gesto de semicerrar os olhos e erguer uma sobrancelha, um sinal de que o que ouvia o irritava mais do que o normal. Buenos Aires lhe parecia uma cidade suja, enlouquecida e de chinasos.

Uma vez, por essa época, Carmela foi com a esposa de Baldi visitar uma velha costureira napolitana, a fim de fazer algumas reformas em um casaco de astracá que usaria no outono. Essa costureira tinha nascido em Cumas, perto de Nápoles. Havia chegado a Mar del Plata muito jovem e vivido toda a sua vida numa pobreza quase absoluta. Seus únicos bens materiais eram a enorme casa destruída onde morava e trabalhava, na rua La Rioja, e a máquina de costura que tinha recebido da Fundação Eva Perón. Ninguém entendia por que não tinha vendido aquela casa para comprar algo menor e usar o restante para viver um pouco melhor. Durante o inverno, quando o Hotel Güemes estava vazio, a costureira se instalava em um dos quartos com sua máquina de costura e confeccionava todo o guarda-roupa de Carmela para a próxima estação. Tinha um aspecto esquálido e frágil. Sempre que Carmela e a esposa de Baldi iam à sua casa para experimentar um vestido ou para modificar uma blusa, a costureira lhes oferecia uma xícara de chá. Quando tirava o saquinho da chaleira desgastada, em vez de jogá-lo fora, depositava-o num prato com vários outros saquinhos usados e secos. Isso horrorizava Carmela, que imaginava a costureira à noite, substituindo o jantar por uma xícara de chá aguado, preparado com aqueles saquinhos consumidos: a imagem viva da mishadura. Muitas vezes lhe levava de presente frascos de conservas e grandes pedaços de queijo da despensa do restaurante, e, ao entregá-los, dizia:

– Trouxe umas coisinhas para o antepasto.

E tentava fazer de conta que aquilo não tinha importância, para que a mulher não sentisse vergonha de sua pobreza.

Diziam que essa costureira tinha fama de vidente, e Carmela queria aproveitar a visita para consultá-la sobre o destino do negócio e pedir-lhe conselhos sobre o que fazer para atrair mais clientes e ter mais sucesso do que a trattoria de seu irmão.

A mulher as recebeu com amabilidade e convidou-as a sentar em dois sofás desmantelados enquanto ia pegar a fita métrica e o giz. Na sala revestida por um papel de parede amarelo, um único raio de sol fazia os ciscos de poeira suspensos no ar dançarem. Quando a costureira voltou, Carmela perguntou o que queria saber: qual seria o destino de seu restaurante, Don Casimiro.

— Senhora, vejo fortuna no seu futuro — disse a mulher —, e essa fortuna vai estar num lugar que a senhora não imagina.

Carmela juntou as mãos, como quando via um pássaro empoleirado num galho próximo e perguntava "quando chegará a riqueza", e ficou tão encantada com a previsão que se esqueceu de perguntar qualquer outra coisa. As preocupações que a acompanhavam havia vários meses se dissiparam como o vapor do chá. Pediu que passassem ao casaco e explicou como queria deixar as mangas com boca de sino e modificar o colarinho, e a tarde passou assim.

Quando as mulheres se despediram, Carmela saiu primeiro pelo caminho que cruzava o jardim, e a costureira disse em voz baixa à esposa de Baldi:

— Pobre senhora. Não sabe que o marido está prestes a morrer.

Chegou então o final do verão, época em que Mar del Plata ia se esvaziando lentamente e as praias se transformavam em areais desertos. Os clientes que tinham ocupado as mesas do Don Casimiro durante as férias também começaram a desaparecer pouco a pouco, e Carmela e Elvio tiveram que demitir dois dos garçons e uma cozinheira.

Os meses que tinham pela frente até a próxima temporada pareciam ameaçadores como colossos de rocha, e começou a ficar evidente para todos que o Don Casimiro tinha sido um projeto faraônico que não ia dar em nada. Mas Carmela queria perseverar; incomodava-a pensar que seus sorrentinos – segundo ela, superiores em tudo aos da trattoria – não conseguiram atrair a mesma quantidade de clientes. As provisões estragavam nas despensas: a muçarela inchava, e seu sabor se tornava penetrante; o pão endurecia e o número de pães duros como pedra era tal que as cozinheiras não davam conta de transformá-los em pudim ou em farinha de rosca e acabavam simplesmente jogando-os fora. Quando não tinha mais jeito, Carmela dava um beijo em cada baguete e em cada pãozinho antes de jogá-los fora, com uma expressão de tragédia. Os vegetais ficavam enrugados como os dedos dos banhistas que passam muito tempo no mar; o creme e o leite talhavam, e então Carmela preparava *scones* para sua família, mas via-se obrigada a jogar fora a maior parte dos laticínios e os ovos, e isso a mortificava. As contas dos fornecedores não paravam de se acumular, e Elvio só fazia fumar um cigarro depois do outro, em absoluto silêncio. Carmela contorcia as mãos e se lamentava. Não conseguia entender aquela falta de sucesso e dizia ao marido que tinham que investir mais, aumentar o cesto de pães, servir nove sorrentinos na porção.

Elvio não respondia, estava cada vez mais sério e taciturno.

– Tem alguma coisa errada com papai? – perguntou Virginia um dia à mãe.

– Claro que não! – respondeu Carmela. – É esta época do ano, já vai passar.

Sempre que a temporada terminava, Elvio era possuído por uma grande tristeza. Acontecia naquele momento em que os turistas abandonavam completamente o hotel, os dias ficavam mais curtos e as funcionárias viravam o lado dos colchões e colocavam lençóis brancos sobre os móveis até o verão seguinte. O inverno não era tão ruim, porque ficar em casa era agradável, o mundo se reduzia e Carmela cozinhava pratos abundantes enquanto a cidade ia ficando cinza e deserta. Mas abril era, para ele, o mês mais sombrio do ano, como um longuíssimo entardecer de domingo. Todas as preocupações que em qualquer outro momento seriam eventos administráveis, naquela época tornavam-se monstros descontrolados, de uma pequena dívida ao peso indescritível da responsabilidade paterna. Além disso, naquele ano, o fracasso do novo restaurante somou-se à pilha de inquietações habituais.

Em um dia de abril, depois do turno do meio-dia, Elvio escreveu uma carta ao marido de sua filha, Virginia, pedindo que cuidasse de sua família, trancou-se em um dos quartos do hotel deserto e deu um tiro na própria têmpora.

A notícia da morte de Elvio chegou imediatamente à trattoria e foi recebida como esperado: com estupor e grandes gestos de choro e dor. Chiche fechou o restaurante por luto e, apesar da impressão que qualquer acontecimento relacionado com a morte lhe causava, foi à casa da irmã, a quem não via fazia muitos meses. Ela o recebeu de braços abertos e com o rosto inchado de chorar.

— Quero morrer — disse a ele. — Quero morrer também — repetiu e cobriu os olhos com o braço. — Por que me abandonou?

Ninguém entendia o que tinha acontecido, e Carmela, desesperada, responsabilizou pela morte do marido as dívidas, os clientes de Mar del Plata, seus filhos, o outono, todos aqueles que haviam apoiado a abertura do Don Casimiro, seus contadores, fornecedores, credores e funcionários, o Estado, pelos quartos destinados ao turismo social, o frio de Mar del Plata e seus pais, por terem se instalado em uma cidade hoteleira. Com o passar dos anos, a família tinha se acostumado à tristeza sazonal de Elvio e, naquele ano em particular, preocupados como estavam com o destino do restaurante, ninguém percebeu que sua aflição e seu caráter se tornavam cada vez mais impenetráveis, como se sua alma estivesse trancafiada numa caixa muito pequena.

Quando foram enterrá-lo, Carmela descobriu que o nicho destinado ao marido no cemitério de La Loma estava ao lado do de uma mulher desconhecida, e isso a deixou louca de ciúmes. Chorou por Elvio todos os dias, até sua morte, que ocorreu muito tempo depois.

– Se Elvio estivesse vivo – disse durante anos –, eu cuidaria dele, cuidaria dele!

Quando dizia isso, seus filhos reviraram os olhos, porque não imaginavam que alguém pudesse cuidar mais de outra pessoa do que ela tinha cuidado do marido.

Depois do suicídio, a família de Carmela ficou arrasada, e, entre os processos que quase todos os funcionários abriram contra a viúva e os honorários dos advogados, tanto o restaurante quanto o Hotel Güemes acabaram fechando, e os dois pontos foram colocados à venda. Os novos donos emparedaram a porta que conectava a casa da família à antiga recepção do hotel e, a partir daquele momento, a casa, bem menor do que antes, passou a ter uma porta fechada que não dava para lugar nenhum. O hotel se tornou uma casa de repouso e, mais tarde, um supermercado e um consultório médico. Essa mudança era perceptível apenas da rua, porque, quando a família se reunia para comer ou comemorar algum aniversário, no interior da casa todos imaginavam que, do outro lado da porta fechada, o Hotel Güemes continuava existindo.

Alguns meses depois da morte de Elvio, a esposa de Baldi foi comer na trattoria com o marido e contou a Chiche a previsão que tinha escutado na casa da costureira. O casal estava muito perturbado pela morte do amigo, e, como a tristeza de Carmela era tão grande e eles não sabiam como consolá-la, tinham deixado pouco a pouco de visitá-la. Esse afastamento os afligia, mas, assim como Elvio, eram desajeitados nas relações sociais e odiavam mudanças abruptas que os obrigavam a se comportar de maneiras totalmente novas.

– Não sei como ela poderia saber – disse a esposa de Baldi, lembrando-se da costureira. – Isso me dá calafrios. Ela também disse que Carmela teria uma grande fortuna. Se o mal aconteceu, o bom também terá que acontecer, não acha, Don Chiche?

Chiche ficou muito impressionado com essa previsão. Estava triste por sua irmã e preocupado com a montanha de dívidas que seu marido tinha deixado de herança. A guerra entre eles tinha sido muito breve, pouco mais que uma temporada, e a vitória da trattoria foi repentina e amarga. As palavras da vidente, no entanto, o iludiram com um futuro de prosperidade para sua irmã, então ele encarregou uma de suas funcionárias de levar, três vezes por semana, uma oferenda de comida para a casa da costureira.

A mulher, que vivia com o mínimo, ficou surpresa quando viu pela primeira vez a funcionária da trattoria parada do outro lado do jardim, segurando uma enorme travessa prateada que só poderia significar uma coisa: sorrentinos. Aceitou a cortesia com elegância e sem fazer perguntas.

— Que mishadura! — dizia Chiche quando a funcionária voltava e contava que a costureira não acendia a luz para economizar eletricidade e que, pendurados num varal no jardim, havia uns lençóis tão gastos que eram quase transparentes.

O gesto de generosidade não durou muito, porque a mulher não viveu muito mais tempo. Quando morreu, menos de um ano depois, sua casa foi a leilão municipal e foi demolida para construírem uma loja de artigos esportivos.

— A profecia vale mesmo assim — dizia Chiche, e acrescentava, quando Carmela não estava presente, que aquela costureira tinha sido a última sibila autêntica de uma linhagem antiquíssima. Mencionava uma lenda que dizia que a cada mil anos de sibilas medíocres aparecia uma extraordinária, com os verdadeiros dons da adivinhação.

— Como a sibila que vendeu ao rei Tarquínio os livros das profecias de Roma — dizia e perguntava, procurando o olhar de algum sobrinho: — Lembra?

Era uma daquelas perguntas que não buscavam evocar um conhecimento histórico em comum, mas a verdadeira lembrança de ter estado lá, em Roma, na corte do rei Tarquínio, ou no exército de Júlio César conquistando a Gália, ou nos banquetes do Império.

O sobrinho sempre respondia que sim, que lembrava.

Quando a situação de Carmela se tornava angustiante, e ela não conseguia pagar as contas ou os honorários dos advogados, Chiche lhe emprestava dinheiro e, quando ela não podia escutá-lo, dizia:

— A fortuna dela já vai chegar. A sibila disse! Era uma das verdadeiras, como a do rei Tarquínio.

Depois da morte de Elvio, a família inteira voltou a se encontrar na trattoria de Chiche, que os recebia dia e noite, mesmo que o restaurante estivesse cheio. Sempre havia uma mesa reservada para a família, com vista privilegiada para a cozinha.

Virginia, que já tinha filhos, lamentava-se à mesa por não ter herdado os olhos azuis de seu pai piemontês. Depois da morte de Elvio, e durante muitos anos, adquiriu o costume de responsabilizá-lo por muitos dos próprios fracassos. Dizia que ele não tinha deixado que ela estudasse e que a tinha forçado a se casar, quando o que ela realmente queria era ser detetive ou atriz de cinema, e caminhar pelo tapete vermelho do festival de Mar del Plata de braços dados com Errol Flynn.

– Se eu tivesse olhos azuis – dizia –, teria triunfado na vida.

Como havia crescido na época da maior prosperidade econômica da família, ela estava acostumada a todos os tipos de regalias e não tolerava a ideia de viver sem o serviço doméstico. Tinha uma empregada que limpava a casa três vezes por semana e que se chamava Ida. Depois da morte de seu pai, quando toda a família teve que arcar com as dívidas do Don Casimiro, seu marido, o mendocino, sugeriu que não poderiam continuar pagando Ida e teriam que demiti-la. Ao ouvir isso, Virginia deu um escândalo:

– De jeito nenhum! – disse. E ameaçou o marido dizendo que se tornaria empregada doméstica em alguma casa alheia só para manter a própria empregada doméstica trabalhando para ela.

– Os mendocinos são miseráveis! – gritava toda vez que o marido voltava a tocar no assunto de demitir a empregada.

– Nem todos – dizia Chiche, e tentava pensar em personagens célebres de Mendoza para contrariá-la, mas não conseguia se lembrar de nenhum.

Manuel, o irmão mais velho de Virginia que havia administrado o Don Casimiro, também não tinha uma carreira nem tinha profissão porque acreditava que, algum dia, assumiria os negócios da família. Antes da abertura do restaurante, seus dias consistiam em sair com os amigos, dar ordens aos funcionários do pai e ir ao cassino. Depois do fechamento, e apesar de se sentir responsável pelo fracasso comercial, retomou essas atividades para passar mais tempo fora de casa.

Quando ficou evidente que não restava nada da pequena fortuna de Elvio, Manuel teve que sair para trabalhar e se tornou caixeiro-viajante. Vendeu produtos de limpeza e seguros de vida em povoados semidesertos do sul da província de Buenos Aires e foi representante de uma empresa que produzia fermento e começava a comercializar as primeiras *medialunas* congeladas. Pouco antes da morte do pai, ele tinha se casado com a namorada, Margarita, aquela que era um pouco sciaquada e que, agora, estava esperando um bebê. Com a esposa grávida e todas as dívidas de Elvio nas costas, Manuel às vezes tinha que pedir dinheiro emprestado, e chegou um momento em que havia esgotado todas as possibilidades dentro da família. Um dia, depois de comer, Chiche o encontrou conversando com Adela perto da máquina de cortar queijo.

– Adela, você anda catrosheando com meu sobrinho? – perguntou Chiche.

– Não, tio – respondeu ela.

Manuel tinha acabado de lhe pedir emprestado cinco mil pesos.

Um dia, Manuel sofreu um acidente enquanto dirigia na rua Alvear. Arrancou a toda velocidade e bateu num caminhão que vinha descendo pela rua Alberti. O carro capotou e ele ficou preso de cabeça para baixo, sem poder se mexer. Naquele estado de semiconsciência, ele achou que tinha começado a chover, mas não: era a gasolina que começava a vazar do tanque esburacado sobre seus pés. A casualidade quis que Pepé estivesse passando por ali. Vendo o acidente, desceu rapidamente do carro e conseguiu arrastar Manuel até a calçada. Ele estava completamente encharcado, mas teve a sorte de que nenhuma faísca o alcançou. Depois daquele incidente, Carmela passou a gostar ainda mais de Pepé, embora achasse um desperdício que um homem tão inteligente e bom como ele fosse, ao mesmo tempo, tão solitário e tão catrosho.

– Os bioquímicos são dados à bebida – costumava dizer quando falava dele.

Em outra ocasião, Manuel adoeceu com uma estranha infecção no sangue que nenhum médico conseguia identificar. De repente, apareciam-lhe em todo o corpo manchas roxas que ardiam e o torturavam, e que, pouco tempo depois, desapareciam sem deixar rastro. Ele passava as horas na cama do hospital, lamentando-se por todas as coisas que não tinha podido fazer, e a cada dia ficava mais fraco e magro. Puxava o próprio cabelo e praguejava contra o pai por tê-los deixado quase na ruína. Às vezes, quando estava muito chateado porque os médicos não lhe davam uma solução, gritava ameaçadoramente:

— Vou acabar como papai!

E Carmela, ao escutá-lo, abanava-se e começava a chorar.

Chiche, que alguma vez foi visitá-lo no hospital e o ouviu lamentar, disse-lhe com desdém:

— Seu pai era do Norte, mas você tem sangue do Sul. Os napolitanos não se suicidam.

Após vários meses de internação, uma tarde os médicos reuniram a família e disseram que tinham que se despedir de Manuel, porque eles não conseguiam descobrir o que ele tinha e seu corpo se deteriorava a cada surto da infecção.

— Não há nada que possamos fazer? – perguntou Carmela aos médicos.

— Ééé... não – disseram. – Só tem uma pessoa que poderia saber o que seu filho tem. É o maior especialista em infecções da Argentina, mas nem sequer sabemos se está no país.

— Quem é? – perguntou Carmela.

— O doutor Pasquale – disseram os médicos com resignação –, mas é muito difícil encontrá-lo, poderia estar na Europa ou nos Estados Unidos.

— Pepé! – gritou Carmela. – O doutor Pasquale é Pepé!

— Vocês conhecem? – disseram os médicos, espantados.

— Claro que sim! – disse Carmela. – Ele é amigo da família... E, neste momento, está na aula do Dante Alighieri!

A família toda sabia, pelas conversas depois das refeições, que Pepé estava fazendo aulas de italiano naquela época. Tinha planejado uma nova viagem à Itália com Chiche e não queria passar vergonha, como na vez em que pronunciou mal o nome das estações do metrô de Roma e Chiche o chamou de catrosho ignorante.

Carmela correu para o edifício do Dante Alighieri na rua Bolívar e irrompeu na aula com lágrimas nos olhos.

— Salve ele, Pepé! Salve ele — gritou, na frente de todos os alunos.

E Pepé, que naquele momento repetia os verbos irregulares da terceira conjugação, levantou-se de sua carteira, abraçou-a e disse:

— Vou salvar, Carmela, vou salvar.

Assim, Pepé salvou Manuel mais uma vez. Ele percebeu que a bactéria, que outros bioquímicos consideravam morta depois de dois dias, ressuscitava misteriosamente no terceiro.

— Como um Jesus microscópico! — disse Carmela.

Graças a essa descoberta, Pepé conseguiu encontrar o antibiótico certo. Os médicos do hospital, que faziam um gesto de aprovação diante de cada coisa que o doutor Pasquale dizia, colocaram suas recomendações em prática imediatamente, e, assim, Manuel começou a se recuperar. Em pouco tempo, passou a se sentir melhor, e as manchas que tinha no corpo desapareceram. Estava de bom humor e não puxava mais o próprio cabelo, mas não gostava que Pepé tivesse sido o responsável por salvá-lo outra vez, incomodava-o pensar que devia sua vida a um catrosho. Carmela, aliviada e feliz porque o filho estava fora de perigo, ia visitá-lo no hospital e lhe dizia que tinha que agradecer a Pepé, organizar uma grande refeição em sua homenagem, preparar *struffoli* e outras iguarias napolitanas de que ele gostava.

Quando Manuel se recuperou completamente e voltou a encontrar Pepé na trattoria, a família esperava secretamente que houvesse grandes manifestações de agradecimento, mas nada disso aconteceu.

— Bem-vindo, Manuel — disse Chiche. — Sente-se ao lado do doutor Pasquale.

Manuel não pôde mais fazer cara feia se tivesse que se sentar na cadeira ao lado de Pepé. Esse gesto exigiu uma enorme força de vontade, porque ele não tinha nenhuma simpatia pelos catroshos. Exceto por Chiche, mas ele era da família.

Carmela, que tinha ficado viúva com um filho menor de idade e muitas dívidas para pagar, começou a dizer nas reuniões na trattoria que estava procurando trabalho. A princípio, ninguém levou a sério, porque Carmela nunca tinha trabalhado fora de seu próprio hotel e restaurante, e sempre que lhe apresentavam uma tarefa ou um enunciado difícil, dizia: "Nem perguntem pra mim, que eu não terminei o secundário".

Desde a morte de Electra, que havia supervisionado várias das tarefas mais importantes da cozinha, Chiche considerava que o molho dos sorrentinos nunca mais voltou a ter o mesmo sabor. O molho não era uma coisa menor: deveria ser o acompanhamento perfeito para a massa, o ponto exato entre sutileza e sabor.

– O molho é como a música de um filme – dizia Chiche. – Quando é bom, a experiência é superior.

Só as mulheres da família sabiam fazer molhos que estivessem à altura dos sorrentinos.

Ele então perguntou a Carmela se ela não queria assumir aquele trabalho, ajudá-lo a colocar as coisas em ordem, devolver o esplendor à massa familiar. Mas ela, que era orgulhosa, disse que não. No entanto, tinha que pagar as contas e os honorários dos advogados, e as dívidas que Elvio deixara continuavam se acumulando. Foi assim que, depois de recusar a oferta de Chiche, ela caiu em um dos piores empregos possíveis: a rotisseria da prima Dorita, aquela que falava exagerando os esses e os zês.

Na família, Dorita era famosa por ser considerada "muito abestalhada". Numa época em que passava por penúrias econômicas, ia todas as noites comer na trattoria. Chiche se chateava se não tivesse outra companhia além dela; dizia que era ruim de prosa e que só sabia falar sobre temas imediatos em que ela fosse protagonista: sua saúde, sua casa, seus vizinhos; enfim, suas coisas. Não sabia falar de cinema, de livros, de história ou religião, de nenhum dos assuntos que interessavam a Chiche. Quando ia embora da trattoria e algum sobrinho zombava dela, Chiche dizia, resignado:

– Pfff! Não riam da prima Dorita. Não é que ela seja vaidosa, é que carece de pensamento abstrato.

Alguns anos antes, tinham chegado ao país os primeiros televisores em cores, e Dorita apareceu na trattoria dizendo que queria averiguar o que fazer para comprar um. Chiche então lhe disse:

– Você não precisa comprar! O televisor comum vai se convertendo aos poucos em televisor em cores, você não sabia? O meu já se converteu.

– É *shério*, Chiche?

– Claro que sim – disse ele –, olhe fixo para ele e você vai ver como as cores vão aparecendo pouco a pouco.

Depois disso, durante várias semanas e até descobrir o engano, ela se sentava à mesa da família e, com um gesto confuso, dizia:

– Chiche, *voshê* não vai acreditar, não paro de olhar para a tela, *mash* a cor não *funshiona*...

— É que você é impaciente — respondia ele.

E os sobrinhos que comiam com eles à mesa se entreolhavam e engasgavam de tanto conter a risada.

Em outra ocasião, Chiche induziu Dorita a acreditar que a namorada de um de seus sobrinhos era milionária. Dorita, que só tinha um apartamento e precisava de uma pensão, um dia se aproximou do sobrinho e da namorada enquanto eles comiam na trattoria e propôs vender-lhes o apartamento com a condição de que ela pudesse continuar morando lá até sua morte.

— *She* chama *us-zufruto* — disse ela. — Todo mundo *fash isho*.

O sobrinho e a namorada ficaram muito surpresos com a proposta, porque eles também eram inquilinos e não tinham como comprar um apartamento. Chiche escutou a conversa de seu lugar à mesa e se divertiu imensamente. De tempos em tempos, quando aquele sobrinho e a namorada iam comer na trattoria, ele perguntava, imitando a prima Dorita:

— *Quaish* as *novidadesh* do *us-zufruto*?

A mãe de Dorita era a tia Julia, uma irmã da mãe de Chiche, que tinha sido muito bonita quando era jovem. Tia Julia era viúva e simpatizava com o fascismo, e, por essa razão, ela e Elvio sempre se trataram com frieza. Contava-se à mesa que, quando a guerra eclodiu na Itália, tia Julia fez um pacote com suas joias mais caras e mandou pelo correio para Mussolini, para contribuir com a causa. Quando jovem, Dorita também tinha sido muito bonita, embora o veredicto da família sobre ela fosse que era "cabeça de bagre". Diziam que toda a inteligência havia sido herdada por seu irmão, Sandro, alguns anos mais novo, que, apesar de ser o brilhante da família, tinha problemas com o álcool e nunca aparecia na trattoria porque era crupiê no cassino e trabalhava à noite. Dorita tinha estudado música e se formado como professora de piano, mas não tinha alunos porque sua saúde era muito delicada, dizia ela, e sempre que um parente tentava recomendá-la a alguém que queria tomar aulas, Dorita se desculpava dizendo "*eshta shemana*, não, *eshtou* com cólica" ou "*eshtou* com um pouco de *toshe*, não *eshtou* bem para dar *aulash*". Outro dos motivos pelos quais Chiche não gostava de passar tempo com Dorita era que ela falava constantemente de doenças e, depois de escutá-la, ele também começava a se sentir mal.

O ponto fraco de Dorita eram as bijuterias, ela as colecionava de todos os tamanhos e cores e não saía de casa sem se enfeitar e se maquiar com esmero. Usava o cabelo preto, volumoso e fofo, e a boca sempre estava pintada de vermelho, nunca de outra cor.

– O ruge *ros-za* é para as *jovens-zinhash*. E o laranja, para as *empregadash doméshticash* – dizia.

Chiche a criticava por sua compulsão para comprar joias e dizia que, com todos aqueles anos gastando com bugigangas, ela poderia ter comprado outro apartamento.

Uma vez, tocou a campainha de Dorita um vendedor de aspiradores de pó com muito carisma que, depois de conversar um pouco, a convenceu a comprar um modelo verde pistache que deixava os pisos e tapetes como novos. Esse vendedor se chamava Valdemar e passou a visitá-la todas as semanas com a desculpa de verificar o aparelho novo e ensiná-la a usá-lo. Dorita combinava com ele que fosse nas tardes de sexta-feira, quando sua mãe, Julia, saía com duas amigas para merendar no Torreón. Depois de várias dessas visitas e de uma ou outra tacinha de anis, Valdemar convenceu a prima Dorita a se casar com ele e, alguns meses mais tarde, mudou-se para o apartamento onde as duas mulheres moravam. Substituíram a cama de solteira por uma de casal com cabeceira de ferro banhado a ouro. Dorita estava orgulhosa do marido e, depois da lua de mel – que tinha sido muito curta, em Mar Chiquita –, entrava na trattoria de braços dados com Valdemar, altiva como uma rainha. As cozinheiras e as garçonetes diziam que Valdemar era bonito, "um filé". Carmela não concordava:

– Tem um pouco de gordura sobrando nesse filé.

Valdemar progrediu com as vendas de aspiradores de pó e, em poucos anos, passou de vender de porta em porta a ter o próprio negócio imobiliário. Comprou vários imóveis, inclusive um ponto comercial em que abriu uma rotisseria. Precisavam de uma cozinheira para cuidar da comida, e Dorita pensou que poderiam contratar Carmela, que cozinhava muito bem e tinha ficado viúva e sem dinheiro. Carmela aceitou, mas impôs uma condição: cozinharia de tudo, menos sorrentinos.

Foi assim que Carmela começou a preparar para eles milanesas, lasanhas, sanduíches de muitos tipos, batatas fritas e outras comidas rápidas que eram vendidas no balcão do lugar, atendido por uma das filhas do primo Ernesto. Valdemar queria economizar e não contratou um ajudante de cozinha, então Carmela tinha que fazer todo o trabalho sozinha e terminava o dia cansada e humilhada. Mortificava-a pensar que tinha sido dona de um hotel e de um restaurante e que agora tinha que trabalhar para a prima Dorita, a mais tola da família. Além disso, antes de fechar, Dorita costumava passar pela cozinha e verificava os armários para se certificar de que Carmela não estivesse levando nada para casa.

— Tão abestalhada não era – disse Chiche quando ouviu o relato de sua irmã.

A rotisseria de Dorita e Valdemar dava para um pequeno jardim com uma despensa e um limoeiro, aonde Carmela ia para tomar ar e descansar alguns minutos do calor da cozinha. Quando via algum pássaro empoleirado nos galhos da árvore, juntava as mãos e dizia, lembrando-se de sua história favorita:

— Pássaro! Quando chegará a fortuna? Na velhice, não! Agora!

Muitas vezes, Dorita e Valdemar se encontravam na trattoria, por coincidência, com o primo Ernesto e a esposa, uma mulher de longos cabelos loiros a quem chamavam de "a Coca". Ernesto e a Coca tiveram duas filhas: Teresa – a que trabalhava na rotisseria – e "nossa Matilde" – que era a mãe da dançarina da TV. – Carmela sempre se lembrava de que uma vez, depois de jantar na trattoria, Ernesto e a Coca se ofereceram para levá-la de carro para casa. No caminho, a Coca, que estava sentada no banco do passageiro, disse:

— Estou morrendo de calor! Vou tirar a calcinha. – E tirou. Então o primo Ernesto começou a dirigir muito mais rápido e chegaram à casa de Carmela em menos de dez minutos. Carmela narrava aquela história com estupor, porque naquele dia se deu conta de que a Coca, casada e tudo o mais, era bastante catrosha.

Quando se encontraram na mesa da trattoria, Valdemar e a Coca faziam piadas e aplaudiam-se por seus comentários, criticavam todo mundo e tinham entre si a cumplicidade de dois estrangeiros que visitam uma tribo. Além disso, se houvesse alguma festa familiar, como um casamento, Valdemar e a Coca eram os primeiros a ir para a pista de dança.

Valdemar era dos que insistiam em sugerir a Chiche mudanças na trattoria. Opinava que tinha que servir peixe-rei, que era disso que os turistas gostavam. Além disso, se servisse peixe-rei, também poderia atrair as pessoas que iam ao porto especialmente para comer peixe.

– Mar del Plata! – dizia Valdemar, dando ênfase à palavra "Mar". – As pessoas querem comer peixe! No Montecarlini servem paella e peixe-rei!

Chiche nem se dava ao trabalho de responder, ou, no máximo, exclamava "Pfff!" e mudava de assunto. Os peixes-rei e os restaurantes com bufê livre do porto lhe pareciam coisa de chinasos, e os pratos de culinária internacional servidos no Montecarlini eram, é claro, uma papocchia.

Então aconteceu que Ernesto e Dorita começaram a notar que Valdemar e a Coca se ausentavam de casa nos mesmos dias, e, às vezes, os primos se encontravam sozinhos na trattoria porque seus respectivos marido e mulher estavam ocupados com alguma incumbência incerta. Apesar da fama de ser a tola da família, Dorita desconfiou primeiro e, um dia em que o marido desapareceu sem motivo, foi procurá-lo na casa de veraneio que Valdemar havia comprado em Miramar. Tocou a campainha, e quem abriu a porta foi a Coca, que estava de biquíni e tinha o cabelo escuro e muito curto.

Naquela noite, na mesa da trattoria, e ainda em estado de choque, Dorita contou:

– *Us-za* peruca! – E Chiche semicerrou os olhos como se dissesse "eu sabia".

A família ficou em polvorosa com a descoberta da dupla traição, e alguns sentiram pena de Dorita, embora semelhante história não deixasse de ser, ao mesmo tempo, uma fonte de enormes satisfações para a família: todos apreciavam os acontecimentos que pudessem se tornar assunto de conversa.

Ernesto demorou mais tempo para aceitar a verdade. Ele estava muito apaixonado pela esposa e se recusava a acreditar que tinha sido trocado pelo marido de sua prima, a quem considerava um spaccone sem-vergonha e aproveitador.

– Eu poderia ter sido um bolchevique – repetia quando a tristeza o oprimia.

– E, em vez disso, acabou sendo corno neste país de merda – dizia-lhe Chiche.

Naquele outono, os dois casais se divorciaram e, na divisão de bens, Dorita ficou com o imóvel de Miramar. Quando foi limpar e deixar a casa em condições para poder vender, encontrou a peruca loira da Coca, esquecida num canto depois de algum encontro amoroso.

– E *shabem* o que eu *fish*? – dizia ao contar a anedota. – *Poish* eu vendi! Fui à *cas-za* de *penhoresh* e ganhei uma boa grana.

Essa parte da história era festejada por todos: quando Dorita chegava à parte do "*poish* eu vendi", a família e os funcionários de plantão aplaudiam e caíam na gargalhada e repetiam: "Pois ela vendeu!".

Pouco depois do divórcio, Dorita cruzou com a Coca um dia no centro, na porta da loja Famularo. A Coca lhe disse, enquanto passava:

– Cumprimentos do meu marido.

E Dorita respondeu:

– *Seu* marido? *Meu* marido!

A réplica se tornou célebre e, em pouco tempo, todos na trattoria a repetiam. Desde então, Dorita ficou conhecida não apenas por ser "a mais tola da família", mas também por ser a autora daquela frase, que entrou muito profundamente no repertório familiar. Tanto que, às vezes, quando Chiche conversava com alguma mulher e, no meio do papo, ela mencionava o próprio marido, ele a interrompia dizendo:

— *Seu* marido? *Meu* marido!

Valdemar e a Coca viveram juntos durante muito tempo e, naturalmente, nunca mais colocaram os pés na trattoria, que era território de Dorita e de Ernesto. Anos depois, quando Valdemar morreu, chegou o rumor de que a Coca tinha mandado enterrar as cinzas do amante no jardim da casa e que, no verão, ela se sentava numa espreguiçadeira ao lado de seus restos e tomava sol sem calcinha, lendo revistas.

Com o divórcio de Dorita e Valdemar, a rotisseria também fechou, e Carmela pôde deixar de preparar comidas rápidas naquela pequena cozinha escravizante. A prima Dorita continuou morando sozinha com a mãe, mas nunca se desfez da cama com cabeceira de ferro banhado a ouro nem do aspirador de pó verde.

Como Carmela voltou a ficar sem trabalho e sem dinheiro para pagar as dívidas que arrastava desde a morte de Elvio, um dia, enquanto comiam, Chiche voltou a lhe oferecer que trabalhasse com ele supervisionando a cozinha. Carmela dobrou e esticou o guardanapo que tinha no colo e respondeu em napolitano:

— *Va bbene.*

A família tinha a crença de que em cada geração nascia um homem catrosho. Chiche era o catrosho de sua geração, mas, com certeza, algum dia haveria catroshos mais jovens, e também deveria ter havido outros mais velhos, na Itália. Em geral, os catroshos não tinham filhos e, quando eram os únicos herdeiros de uma casa, um sobrenome costumava se extinguir com eles.

Naquela época, os catroshos de Mar del Plata se reuniam na Playa Chica, que era uma pequena baía rochosa, ao sul do centro, com uma grande vista panorâmica do mar. Naquela praia, as ondas quebravam com força e os banhistas tomavam sol nas pedras, porque quase não havia areia entre a água e o modesto penhasco de rocha. Apesar de ter uma ótima vista, não era uma praia muito confortável para se banhar e, nos tempos em que Chiche e seus amigos a frequentavam, ainda não estava na moda, algo que acabou acontecendo, mas muitos anos depois. Durante o verão, Pepé esperava que Chiche terminasse o turno do meio-dia e, juntos, iam de carro pela rua 9 de Julio até o Boulevard, pegavam a avenida Colón e seguiam pela orla até o barranco rochoso, onde a rua Alberti acaba. Às vezes, pegavam algum outro amigo pelo caminho e iam todos juntos para a praia.

Chiche dava muita importância à cor da pele. Gostava de se queimar porque isso fazia com que se sentisse saudável. As peles muito brancas lhe causavam repulsa, e dizia:

– As brancas são mais sciaquadas.

Em certa época, chegava a pedir a Pepé que lhe conseguisse um remédio que os albinos tomavam, uns comprimidos de tirosina que estimulavam o bronzeado. Pepé ria daquela mania, mas, mesmo assim, conseguia os comprimidos para ele e dizia:

– Cuidado para não ficar como Nat King Cole.

Os dois riam com a menção a Nat King Cole e cantavam a letra de "L-O-V-E" no caminho para a Playa Chica:

L, is for the way you look at me
O, is for the only one I see
V, is very, very extraordinary
E, is even more than anyone that you adore.

Às vezes, alguém contava na mesa da trattoria que tinha visto essa ou aquela pessoa, por exemplo, um antigo professor do secundário, tomando sol nas pedras da Playa Chica. E ninguém dizia isso em voz alta, mas ficava subentendido que esse professor era catrosho.

Quando Cecilia, uma sobrinha-neta de Chiche, apareceu na trattoria com seu primeiro namorado, todos ficaram surpresos: era catrosho, mas ela não se dava conta. O rapaz ia visitá-la todas as noites e comia sorrentinos na mesa da família. Aprendeu imediatamente o protocolo de nunca os cortar com a faca e limpava a comissura dos lábios com o guardanapo com muita elegância. Chiche gostava dele porque falava inglês e sabia de arte e de cinema. Tinha aprendido inglês assistindo a filmes, como o próprio

Chiche quando era jovem. Usava roupas que pareciam de outra época, como coletes que a mãe tricotava.

– Não uso jeans porque fico assado – disse uma vez, e vários familiares trocaram olhares de assombro.

– Ah, claro, eu entendo – disse Chiche.

Aqueles que estavam sentados à mesa não acrescentaram nada e continuaram comendo em meio a um silêncio incômodo.

Ninguém contou a Cecilia o que achavam do namorado dela. Teria sido um golpe para ela e, caso terminassem, os demais teriam ficado sem um grande assunto de conversa à mesa. O relacionamento durou pouco tempo e, por fim, ele terminou com ela dizendo que havia perdido o interesse. Mais tarde, chegaram rumores de que Chiche e Pepé o tinham visto tomando sol nas rochas da Playa Chica.

Uma noite de verão, um sobrinho-neto de Chiche, que chamavam de Rolo e que estava terminando o secundário, saiu tarde de um trabalho temporário que havia conseguido perto da Playa Chica. Rolo era jovem e não tinha carro nem dinheiro para o ônibus. Começou a caminhar pela orla para voltar para casa na noite um pouco fria, mas, poucos metros depois, um carro freou ao lado dele e uma das portas de trás se abriu. Chiche dirigia e Pepé estava sentado no banco do passageiro. Estavam passeando pela orla, olhando as pessoas, e o reconheceram. Levaram Rolo para casa e lhe disseram que, da próxima vez que saísse do trabalho, deveria tomar mais cuidado.

– Esta zona está cheia de catroshos! – advertiram. – Ainda bem que a gente viu você!

Aquele sobrinho era muito querido por Chiche, e alguns na família achavam que talvez ele se tornasse o catrosho de sua geração, mas não foi o que aconteceu. Rolo sempre gostou de mulher e, toda vez que levava uma nova namorada para a trattoria, Chiche a recebia com muita gentileza e exibia para ela todo o seu charme de anfitrião. Quando Rolo contou que queria se matricular na universidade para estudar bioquímica, sua avó, Carmela, ficou alarmada e disse, pensando em Pepé:

— É melhor que estude outra coisa... Os bioquímicos são dados à bebida!

É que os problemas de Pepé com o álcool eram cada vez mais evidentes, e suas brigas com Chiche estouravam com mais frequência e por questões banais. Ultimamente, ele estava obcecado com a história de um cientista inglês que ajudou a decodificar mensagens dos nazistas e, graças à sua contribuição, os Aliados venceram a guerra. Além de ser um gênio, esse cientista era catrosho e, por causa de sua condição, teve um final tristíssimo de solidão e miséria. Numa de suas viagens ao exterior, Pepé tinha conseguido um livro com a biografia de vários cientistas famosos, e havia sublinhado e lido diversas vezes o capítulo dedicado ao inglês e lia para Chiche seus trechos favoritos à mesa.

Numa época que parecia muito distante, Pepé esteve casado e teve um filho a quem nunca via. Ele não gostava de se lembrar disso e sentia muita tristeza por tê-lo abandonado, mas, ao mesmo tempo, não via uma maneira de se aproximar dele porque não se imaginava como pai de nenhuma criança. A família sabia de tudo isso por Carmela. Quando Pepé bebia demais e ficava conversando à mesa até altas horas da madrugada, ela se tornava sua confidente e ele lhe contava coisas que, em outro momento, nunca mencionava. Conversavam sobre o cientista catrosho e sobre Chiche, sobre a morte de Elvio e sobre o filho de Pepé.

No restaurante, jamais se falava desse assunto, e muito poucos, além de Carmela, sabiam de sua existência.

As brigas entre Chiche e Pepé às vezes duravam várias semanas e até meses inteiros, e a reconciliação era sempre misteriosa e parecia definitiva. O primeiro reencontro entre eles não acontecia no restaurante, mas em algum outro lugar, porque quando Pepé voltava a aparecer, Chiche e ele se cumprimentavam e conversavam como se nada tivesse acontecido. Assim que se sentava à mesa da família, Carmela pedia que lhe trouxessem um antepasto e perguntava as últimas notícias da novela da moda, que Pepé contava com riqueza de detalhes.

Em um de seus períodos de isolamento e solidão, depois de uma briga com Chiche, Pepé se trancou no laboratório do hospital onde trabalhava e, emulando o cientista inglês de que tanto gostava, mordeu uma maçã borrifada com cianeto. Como era bioquímico, sabia perfeitamente a dose que tinha que tomar para que o veneno agisse imediatamente. Seus colegas de laboratório o encontraram deitado no chão, com o guarda-pó branco formando um halo ao seu redor e a maçã mordida na mão, como um personagem de conto de fadas.

Vários sobrinhos de Chiche compareceram ao funeral. Mas não houve missa, porque Pepé não teria querido, embora, a pedido da família, o padre Adelfi tenha dado uma bênção em particular antes que o corpo fosse levado para ser cremado.

Depois da morte, Chiche se trancou em seu quarto durante dias. Ninguém se atrevia a incomodá-lo ou bater em sua porta para ver como ele estava. Só Adela tinha permissão para levar-lhe a sopa e pegar suas roupas para lavar.

– O tio não quer ver ninguém – dizia aos sobrinhos quando perguntavam por ele e pediam para subir para visitá-lo.

Do quarto dele, no andar de cima da trattoria, o reflexo azulado da televisão se filtrava e, à noite, ouvia-se um disco de Nat King Cole que fazia o teto do amplo salão vibrar na penumbra.

Carmela pediu especialmente às encarregadas das sobremesas que, até segunda ordem, não voltassem a servir pratos que tivessem maçã em nenhuma de suas formas.

– Nunca gostei de maçãs – começou a dizer. – A fruta da serpente!

Algumas semanas depois, Chiche desceu de seu quarto usando óculos escuros de lentes verdes e voltou a se dedicar às tarefas habituais, a receber os fornecedores e a cumprimentar os clientes que chegavam para comer.

Um dia, enquanto a família comia, Carmela deixou escapar o nome de Pepé:

– Que homem brilhante. E que sofrido – disse, enxugando uma lágrima com o lenço.

Todos se entreolharam e fez-se um silêncio que durou alguns segundos. Chiche, que naquele momento estava tomando a sopa, deteve a colher no ar e disse:

– E que morte de catrosho.

Nos anos seguintes, Chiche e Carmela administraram o restaurante como uma equipe insuperável e, aos poucos, os pratos recuperaram o esplendor que haviam perdido depois da morte de Electra. No primeiro dia em que Carmela chegou à trattoria para trabalhar, arregaçou as mangas da blusa até os cotovelos, passou um avental branco pelo pescoço e pediu que todas as cozinheiras se aproximassem. Colocou uma grande panela com azeite de oliva no fogo, escolheu os melhores dentes de alho, descascou-os e mostrou às mulheres como se devia preparar o molho para os sorrentinos, um molho perfeito que não competia com o sabor da massa nem com sua consistência, que não era muito denso nem muito líquido, com o grau certo de acidez e de sal. Poucos minutos depois, um perfume de tomate e louro preencheu cada canto do enorme salão iluminado.

A reputação da Trattoria Napolitana de Chiche Vespolini já se estendia por todo o país, e eram poucos os amantes das massas ou da cidade de Mar del Plata que não conheciam o famoso lugar de La Perla, com seu lustre de vidro vermelho, suas paredes cobertas de quadros e sua cozinha à vista. Naquele ano, durante a alta temporada de verão, o lugar ficou lotado de celebridades e jornalistas da televisão, que ficavam de pé ao lado das mesas para entrevistar os clientes e perguntavam o que estavam comendo, qual era seu prato favorito e há quanto tempo conheciam o restaurante. Homens e mulheres de todos os lugares declaravam que não podiam conceber o fato de viajar para Mar del Plata sem passar para comer um prato dos famosos sorrentinos Don Umberto®.

A popularidade do sorrentino continuou crescendo, e inclusive chegaram rumores de que, em Buenos Aires, outro restaurante italiano chamado Sorrento reivindicava a invenção da massa. Chiche, no entanto, tinha deixado de se preocupar com essas questões.

– Se gostam da papocchia, que comam papocchia. Devem ser piores do que os do Montecarlini – respondia, e fazia seu gesto de franzir o nariz e abaixar a comissura dos lábios toda vez que lhe contavam que casas de massas de todo o país vendiam sorrentinos com recheios implausíveis de caranguejola, abóbora ou queijo provolone, ou com uma borda de massa que lhes dava a aparência de chapéus.

Finalmente, Carmela conseguiu pagar suas dívidas. Da pequena fortuna que tivera com Elvio, só lhe restavam a casa e uma magra pensão, mas seus filhos a ajudavam com as despesas e, pelo trabalho que fazia na trattoria, Chiche lhe dava um dinheiro que cobria todas as suas necessidades. Além disso, nunca tinha que se preocupar com a comida e, antes de ir para casa, Chiche mandava as cozinheiras prepararem pacotes cheios de queijos, pães, frascos de conservas e garrafas de vinho, para que sua despensa estivesse sempre cheia, como nos tempos do hotel.

Chiche continuava esperando secretamente que a profecia da sibila se cumprisse. A mulher tinha feito duas profecias. Uma, a da morte de Elvio, cumpriu-se de imediato. Mais de trinta anos se passaram e da outra, que havia pressagiado para Carmela uma fortuna que viria de um lugar inesperado, ainda não tinham notícias. Quando algum de seus sobrinhos tocava no assunto, ele dizia:

— Já vai chegar, tem que ter paciência. Era uma sibila verdadeira, como a do rei Tarquínio.

Então, sentados à mesa, imaginavam situações fabulosas em que Carmela recebia uma antiga herança italiana ou encontrava um tesouro que Elvio, antes de morrer, havia enterrado no pequeno pátio da casa.

Carmela não tinha conseguido superar a morte do marido e sempre se lembrava de Elvio. Às vezes, tinha ataques de ciúme e pedia, aos gritos, que os filhos a levassem ao cemitério de La Loma. Dizia que eles tinham que conversar com os encarregados e fazer com que trocassem o caixão de lugar, porque a enlouquecia que Elvio passasse a eternidade junto com uma mulher que não fosse ela. Por vezes, ligava para o trabalho do filho Manuel a qualquer hora do dia e dizia a ele, enxugando as lágrimas com um lenço:

— Me leve para o cemitério! Seu pai, ao lado de uma catrosha para sempre... Não é justo, não é justo!

— Como você sabe que era catrosha? — respondia Manuel, e ela começava a chorar e cobria o rosto com as mãos.

Naquela mesma época, os vizinhos de Carmela começaram a notar que ela estava cada vez mais confusa e perdida. Comentaram com a família, mas nem Chiche nem os filhos dela deram muita importância, porque era comum que Carmela não entendesse algumas coisas, e todos estavam acostumados a certas pequenas excentricidades dela, como quando cantava a plenos pulmões em napolitano nas primeiras horas da manhã, com a janela aberta de par em par. No entanto, com o tempo, seus ataques de ciúme se tornaram mais frequentes, e seus filhos começaram a perceber mudanças em sua personalidade, que se tornou, alternadamente, agressiva e delirante. Suas visitas à trattoria passaram a ser cada vez mais esporádicas. Quando ela e Chiche conversavam, a única coisa que faziam era recordar seus irmãos mortos, Electra, Umberto e Totó, os penhascos e a casa amarela em Sorrento, na qual Chiche não tinha morado, mas que também fazia parte de suas recordações da Itália. Chegou um momento em que Carmela parou de falar de coisas imediatas e cotidianas e só dizia abstrações e mencionava episódios muito antigos do passado. Também começou a dizer que, de noite, era visitada por anjos e animais exóticos que desciam do teto envoltos em luzes fosforescentes. Então seus filhos e netos decidiram interná-la numa casa de repouso e escolheram um quarto com vista para o jardim, que era repleto de árvores. Achavam que Carmela queria estar em contato com a natureza porque, perto do final, ela não parava de repetir:

— Pássaro! Na velhice, não... *Agora!*

Carmela morreu no outono, assim como Elvio. Naquela noite, depois de um dia cinzento e nublado de maio, antes de se deitar para dormir, ela contou uma velha história de Sorrento para uma neta que tinha ido visitá-la e estava sentada ao lado de sua cama:

— Um dia, quando eu tinha doze anos — disse —, entrei num barquinho com o primo Ernesto, que era pequeno e estava sempre doente. Aí eu remei e remei até a costa ficar invisível. Eu queria chegar à África, onde os negros de cabelo crespo vivem. Começou a escurecer, e um pescador que voltava para o porto com o barco carregado passou por nós e nos reconheceu, e, como eu estava cansada de remar, ele nos arrastou pouco a pouco de volta para a costa. Se tivéssemos chegado à África... como teríamos sido felizes!

Carmela teve três filhos, sete netos e onze bisnetos. Quando morreu, foi enterrada no cemitério de La Loma, o mesmo onde estava seu marido, mas num lugar muito distante dele. Enquanto se afastava caminhando do lugar onde tinham deixado sua irmã, Chiche, que tentava não olhar muito para os túmulos por medo de encontrar algum conhecido, leu sem querer a inscrição gravada no panteão mais próximo: "Camilo Fortuna & família". Então se lembrou da profecia da costureira.

– Era aqui que estava a fortuna... Pfff!

E, com um calafrio, se afastou do lugar o mais rápido possível.

Alguns meses depois, Chiche decidiu abandonar os cômodos que tinha ocupado durante quarenta anos na parte de cima do restaurante e comprou um apartamento na rua Balcarce, aonde dava para ir a pé em poucos minutos. A nova casa tinha espaço para abrigar a coleção de porcelanas Richard Ginori e as obras de arte que ele às vezes comprava em suas viagens à Itália.

Assim que se mudou, convidou vários de seus sobrinhos para comer e pediu a Adela que fosse mais cedo para preparar a comida e pôr a mesa. A mulher tinha começado a trabalhar apenas meio turno na trattoria e, à tarde, limpava e lavava as roupas de Chiche no novo apartamento. Como havia passado os últimos trinta anos de sua vida no restaurante, tinha dificuldade de se acostumar com a mudança e se movia pela casa como uma sombra, sempre com a touca e o avental imaculados. Subia em um banquinho para abrir as portas dos armários, e seu rosto se iluminava toda vez que encontrava o que estava procurando: os copos, os talheres, os guardanapos.

Quando os convidados chegaram e estava tudo pronto para que se sentassem para comer, o sobrinho que chamavam de Rolo disse para Chiche:

— Tio, não tem lugar para Adela se sentar.

Chiche respondeu, com um gesto confuso:

— Adela não come com a gente. Não é da família.

Ele morava na rua Balcarce havia alguns meses quando, uma noite, voltando a pé pelos quarteirões até sua casa, depois do trabalho, Chiche encontrou, parados na porta de seu edifício, dois jovens que bloquearam seu caminho e lhe pediram dinheiro. Ele disse que não tinha nada e tentou entrar em casa. Eles então o ameaçaram e o obrigaram a subir. Chiche lhes deu uns dólares que tinha guardados, mas eles o jogaram no chão e bateram nele. Enquanto via com os olhos semifechados os jovens vasculharem o apartamento procurando as coisas mais valiosas, tudo em sua cabeça ficou confuso. Quando acordou e conseguiu chamar a polícia e seus sobrinhos, descobriu que a coleção completa de porcelanas tinha desaparecido, junto com outros objetos e obras de arte.

Enquanto esteve internado se recuperando das pancadas e dos machucados, Chiche aprendeu o nome de todos os médicos e enfermeiras, e dava a elas generosas gorjetas quando entravam no quarto para atendê-lo. Pelos corredores do hospital, começou a circular o boato de que Chiche Vespolini tinha, ao lado da cama, um grande moedeiro de couro cheio de cédulas e que recompensava com dinheiro cada pequeno serviço. As enfermeiras do andar em que ele estava internado brigavam para cuidar dele, e, quando uma entrava e via que outra havia chegado antes, fulminava a colega com o olhar. Todos os sobrinhos passaram pelo hospital para visitá-lo e foram recebidos com extrema cordialidade pela equipe do hospital.

– Nunca na vida tinha visto enfermeiras tão catroshas como essas – dizia Chiche quando algum sobrinho entrava no quarto.

Chiche odiava estar doente e se sentir mal, mas também encontrava um prazer infantil naquele confinamento, uma sensação parecida à que tinha quando era pequeno, quando achava que estava diante de uma catástrofe que lhe permitiria permanecer em casa muitos dias e se dedicar a comer e ler romances. Deu instruções a Adela para que, quando fosse visitá-lo, lhe levasse em segredo pacotes com *medialunas*, Coca-Cola e chocolate, que ela levava na bolsa, embrulhados em guardanapos da trattoria, e que Chiche tomava muito cuidado para esconder da vista dos médicos. À noite, depois da última rodada de injeções e medicamentos, tirava as guloseimas da gaveta da mesa de cabeceira e as comia rapidamente assistindo a algum filme na televisão.

Depois do roubo, seu estado de saúde foi se deteriorando lentamente. Ele voltou para o apartamento e, pouco depois, retomou as tarefas no restaurante, mas, embora tivesse perdido vários quilos por causa da dieta do hospital, seu corpo parecia ainda mais pesado e mais lento que antes. Pela primeira vez, depois daquele dia longínquo em que assumira o comando após a morte de Umberto, Chiche deixou que uma de suas sobrinhas e o marido se encarregassem da administração geral. Ele continuava passando pelas mesas, cumprimentava os clientes e conversava um pouco com eles, mas alguns velhos comensais que o conheciam havia muito tempo começaram a notar que sua conversa estava se tornando menos animada e atenta e que, às vezes, enquanto conversavam, Chiche não respondia e ficava olhando para o nada, com as mãos apoiadas na bengala que tinha começado a usar.

Todos os dias, durante o almoço, o garçom Mario, a quem Chiche chamava de Carpi, lia o jornal para ele e inseria seu nome em alguma notícia: "Quinze quilos de maconha foram apreendidos em caminhão que ia para Mar del Plata. Suspeita-se que o motorista era Chiche Vespolini". Chiche deixava escapar uma gargalhada e continuava tomando a sopa. Os sorrentinos, e também outras massas, estavam proibidos para ele, assim como os molhos, as frituras e todos os tipos de doces.

— Tudo papocchia! – dizia ele, franzindo o nariz toda vez que lhe levavam a sopa de arroz, as verduras cozidas ou a sobremesa de compota assada que era permitida pelos médicos. Quando estava sozinho com Adela, dava-lhe várias cédulas e pedia que a mulher lhe comprasse bombons no quiosque da esquina. O pessoal daquele quiosque o conhecia e gostava dele, e quando Adela chegava e pedia bombons, diziam:

— É melhor que não sejam para Chiche Vespolini.

— Não, são para mim – dizia Adela, e voltava caminhando rápido porque ficava vermelha quando tinha que contar uma mentira.

À noite, finalizado o turno, Mario o acompanhava até sua casa e subia com ele até o apartamento; ajudava-o a vestir o pijama e não ia embora sem antes ativar o alarme que os sobrinhos haviam mandado instalar na porta.

No final, Mario foi a única testemunha de sua morte. Chiche ligou para ele uma manhã, porque não se sentia bem, e pediu que o buscasse de táxi para levá-lo ao hospital. O apartamento dele ficava bem perto do hospital, mas Chiche pediu que o taxista tomasse o caminho mais longo, contornando a orla, para poder ver o mar:

— Você se lembra de Electra? – perguntou a Mario, olhando a praia pela janela.

— Não me lembro, Chiche, eu ainda não trabalhava com o senhor.

— E de Elvio? E de Carmela? Deles você se lembra?

— De Carmela, eu me lembro.

— E de Pepé?

— Lembro um pouco, sim.

— Você se lembra de Sorrento, Mario? E de Nápoles? Você se lembra de Nápoles?

— Lembro, Chiche. O senhor me levou de acompanhante. Sorrento é linda. Nápoles também.

— Nápoles é a cidade das sereias, você se lembra das sereias?

— Lembro sim.

— Você se lembra da *tarantella* sorrentina, que imita o movimento das sereias?

— Lembro.

— E você se lembra do imperador Augusto? O imperador Augusto era um grande!

— Lembro, Chiche.

— Você se lembra de quando éramos Império? Você se lembra de quando eu e Pepé éramos gnósticos cátaros?... Você se lembra do *grand tour*?... Você se lembra do *baión*? De Umberto... você se lembra? Você se lembra de quando éramos pobres? Ah, que mishadura!... E você se lembra de Steve McQueen? Como filmava papocchia! E de Nat King Cole?... *Our boys! Our boys to the moon!* E de quando vimos o Papa na Praça de São Pedro? Você se lembra de que os judeus não têm inferno? E de Silvana Mangano? Quando jovem, era um pouco catrosha, como a prima Dorita... Coitada de Dorita, era linda quando jovem, mas carecia de pensamento abstrato... Você se lembra da Grécia Antiga, quando éramos todos catroshos? Você se lembra do rei

Lasanha? De Máximo Górki? Eu não o conheci, mas ele morava em Sorrento... quis adotar meu primo Ernesto. Você se lembra de Sorrento? E você se lembra do mar de Sorrento? E da casa amarela, você se lembra? Que casa! Só vi em fotos. Agora é uma casa de ricos. Você se lembra de quando éramos ricos? Lembra?

Este livro foi composto com tipografia Adobe Garamond Pro e
impresso em papel Off-White 80 g/m² na Formato Artes Gráficas.